D

René Freund

Ans Meer

Roman

Deuticke

Mit freundlicher Unterstützung der
Kulturabteilung der Stadt Wien und
des Landes Oberösterreich.

Der Autor wurde vom
Bundeskanzleramt (Kunst und Kultur) mit
einem Werkstipendium unterstützt.

1. Auflage 2018

ISBN 978-3-552-06363-1

Satz: Eva Kaltenbrunner-Dorfinger, Wien
Autorenfoto: © Monika Löff/Deuticke Verlag
Umschlag: Anzinger und Rasp, München
Illustration: Lukas Millinger
Druck und Bindung: Friedrich Pustet, Regensburg
Printed in Germany

FSC
www.fsc.org
MIX
Papier aus verantwortungsvollen Quellen
FSC® C014889

Für Tina

1

Als Doris den Anruf erhielt, wusste sie sofort, was sie zu tun hatte.

Sie lief die Treppe hinunter, zur Haustür hinaus, zum Gartentor. Sie stieg in ihr Auto und versuchte zu starten.

Wenn jemand sie fragte, was für ein Auto sie hatte, antwortete sie: »Ein rotes.« Sie gehörte nicht zu den Menschen, die sich Automarken merken. Irgendetwas Französisches. Vielleicht aber auch italienisch.

Wie so oft sprang der Kübel nicht an. Entnervt zog sie den Schlüssel ab, steckte ihn dann gleich wieder an. Der Motor gab ein armseliges Jaulen von sich, und Doris spürte ein ganz ähnliches Jaulen aus ihrer Kehle kommen. Nicht jetzt! Bitte nicht ausgerechnet jetzt!

Sie schlug mit beiden Fäusten auf das Lenkrad, bis es richtig wehtat. »Aaahhh«, brüllte sie, sprang aus dem Wagen und lief die Treppe wieder hinauf.

»Deinen Autoschlüssel, schnell.« Peter lag auf dem Sofa und öffnete mühselig die geschwollenen Augenlider.

»Was?«

»Wo ist dein Autoschlüssel?«

»Was willst du mit meinem Auto?«

»Wegfahren.«

»Es hat 410 PS, du solltest nicht …«

»Jetzt. Sofort. Wegfahren.«

So etwas war Peter von Doris nicht gewohnt, und da er zu erschöpft war, nachzufragen, sagte er nur: »Auf der Kommode.«

Doris schnappte den Schlüssel und lief die Treppe hinunter. Wie oft hatte sie sich über dieses Auto lustig gemacht. Angeberisch. Monströs. Peinlich. Ein Klimaschädling erster Ordnung. Aber für ihr Vorhaben konnten 410 PS und eventuell eine gewisse Rammkraft nicht schaden.

2

Diesen Tag in seinem Leben würde Anton, der Busfahrer, nie vergessen. Später schien es ihm sogar, als hätte sein halbes Leben aus diesem Tag bestanden. Aber davon ahnte er noch nichts, als er vor dem Gemeindeamt von Allmau hielt. Es war 06.34 Uhr, und die Schulkinder bewegten sich träge zur Tür, die er mit einem Seufzen öffnete. Genau genommen waren es zwei Seufzer. Die Tür seufzte, und Anton seufzte auch.

Die meisten Kinder hatten ihre Ohren zugestöpselt. Anton beschlich der Eindruck, sie hörten dann nicht nur nichts von ihrer Umwelt, sondern sahen auch weniger. Aber das verstimmte ihn nicht. Eher verstimmte ihn, dass es ihm aus Sicherheitsgründen verboten war, seine Ohren ebenfalls zuzustöpseln.

»Guten Morgen«, sagte Helene.

»Guten Morgen«, sagte Anton, der Busfahrer.

»Guten Morgen«, sagte Ferdinand.

»Guten Morgen«, sagte Anton.

Ein Busfahrer trägt viel Verantwortung. Vor allem ein Linienbusfahrer. Er muss jeden Tag dieselbe Strecke zeitgerecht zurücklegen, um morgens alle Kinder und Jugendlichen aus den Dörfern in die diversen Schulen der Stadt zu bringen. Und nachmittags wieder zurück. Im Winter war es in der Früh noch finster und manchmal am Nachmittag schon wieder. Im Sommer bekam man im Bus kaum Luft vor lauter Hitze, denn die Fenster konnte man nicht öffnen, und wenn Anton den Schalter der Klimaanlage auf »EIN« stellte, änderte sich dadurch nur, dass der Schalter eben auf »EIN« stand. Bei nassen Straßen, bei glatten Straßen, wenn er müde war, wenn es ihm nicht so gut ging, immer, immer musste Anton dieselbe Strecke ohne Fehler, ohne Unfall, ohne große Verzögerung zurücklegen.

Trotz der großen Verantwortung empfand Anton seinen Job nicht gerade als erfüllend. Seinen Kindheitstraum, Busfahrer zu werden, hatte die Realität dieses harten Berufs an die Wand gefahren. Jede Fahrt war zwar irgendwie anders, aber jede Fahrt war auch irgendwie gleich: Zuerst lärmten die Volksschulkinder, und wenn die ausgestiegen waren, machte sich Stille breit, denn die älteren Jugendlichen dämmerten in einer Art Wachkomazustand ihren höheren Schulen entgegen. Eines aber hatte sich der Busfahrer vorgenommen: Er würde diesen Kindern wenigstens das Grüßen beibringen. Denn wer anständig grüßen kann, tut sich im Leben erheblich leichter. Im Grunde legt ein Gruß das Fundament dafür, dass man überhaupt jemanden kennenlernen kann. Ohne Grüßen hätten wir keine Freunde, ohne Gruß würde man niemals einen Partner finden, ohne vorhergehendes Grüßen kann man auch keine Kinder zeugen. Jedenfalls würde es als ziemlich unhöflich angesehen. Ohne Grüßen also keine Menschheit. Und selbst, wenn man dereinst an der Himmelspforte stünde, fand Anton, wäre ein höfliches »Grüß Gott« ziemlich angebracht.

»Guten Morgen«, sagte Anton.

Erik sagte nichts. Anton hörte den rhythmischen Bass durch Eriks Kopfhörer dröhnen. Als der Jugendliche geistesabwesend an ihm vorbeischleichen wollte, tippte Anton ihm an den Arm.

»Ausweis?«, fragte er mit der strengsten Miene, die er aufsetzen konnte.

»Was?«, fragte Erik zurück und nahm einen Stöpsel aus dem Ohr. Der Bass wummerte. Wahrscheinlich ist er längst taub, dachte Anton, oder sein Gehirn ist durch die Schwingungen weich geworden.

»Wie bitte heißt das«, sagte Anton.

»Wie bitte was?«, fragte Erik.

»Hast du einen Ausweis?«

»Guten Morgen«, sagte Erik.

Die Kinder hatten ohnehin alle einen Ausweis, aber wenn einer nicht grüßte, griff Anton zum Erziehungsmittel der Ausweiskontrolle. Anton und die Tür seufzten. Blinker, Rückspiegel, weiter ging es. Ein kräftiger Föhnwind erwärmte diesen Spätfrühlingsmorgen. Zwei Monate noch, dann würden die Sommerferien beginnen. Das war die traurigste Zeit für Anton. Auch im Sommer fuhr er jeden Tag in die Stadt, denn ein Linienbus muss seiner Linie natürlich treu bleiben, nur fuhr Anton in der Ferienzeit meistens allein, und da konnte man sich ganz schön einsam fühlen.

Nächster Halt, »Auf der Wies«, Antons Lieblingshaltestellte. Sie sah so aus, wie sie hieß. Noch nie war hier jemand aus- oder eingestiegen.

Jendorf.

Die Jugendlichen hatte Anton bereits alle erfolgreich zu grüßenden Mitgliedern der Gesellschaft gemacht. Eva und Raphael zum Beispiel, die jetzt zustiegen. Sie waren noch müder als die Kinder, weil man mit siebzehn ja nicht vor zwei schlafen gehen kann, und wenn dann um sechs der Wecker läutet, war das natürlich eine kurze Nacht.

»Guten Morgen«, flüsterte Eva und tat sich ein bisschen schwer damit, ihre Gitarre erfolgreich durch die Tür zu fädeln.

»Guten Morgen«, murmelte Raphael.

Anton und die Tür seufzten. Blinker, Rückspiegel, weiter ging es zur nächsten Station. Auf in die Stadt, auf zur Schule. Wie immer. An diesem Tag aber würden sie weit über dieses Ziel hinausfahren.

3

Vergeblich suchte Doris so etwas wie einen echten Schlüssel an diesem Autoschlüssel. Sie fand nichts. Und selbst wenn sie etwas gefunden hätte, in diesem Auto gab es kein Zündschloss. Sie schlug wütend auf das Lenkrad ein und sah dabei die Buchstaben auf dem Display: Bremse betätigen und Startknopf drücken.

Sie tat beides. Das bedrohliche Gurgeln des Motors vibrierte in ihrem ganzen Körper.

»R«, das musste der Rückwärtsgang sein. Und dann?

»D« wie Doris. Das war einen Versuch wert.

Die Beschleunigung fühlte sich an wie ein Flugzeugstart, Herzklopfen und dieses Ziehen in der Magengegend. Zum Glück waren die Bremsen mit denen ihres uralten Modells nicht zu vergleichen, sonst wäre sie unverzüglich in das Heck des Autos vor ihr gekracht.

Überholen. Einholen. Zurückholen. Doris raste mit ziemlicher Hemmungslosigkeit über die Landstraße, und nach ein paar Schreckminuten fand sie, es fühlte sich richtig gut an.

4

Die Kinder lachten. Anton hörte öfters seinen Spitznamen. Er wusste genau, dass sie ihn »Bärli« nannten. Dicke Menschen gelten ja gemeinhin als gemütlich, und da passte »Bärli« eigentlich ganz gut. Sagen wir mal, richtig respektvoll war »Bärli« natürlich nicht, aber mit Schaudern dachte Anton daran, dass andere Busfahrer »Silberrücken« oder »Fischkopf« hießen, und da war ihm »Bärli« eigentlich lieber. Außerdem war Anton gar nicht richtig dick. Fand jedenfalls er selbst. Bärig vielleicht irgendwie, aber sicher nicht dick.

Dick sicher nicht, aber vielleicht träge? Zu wenig kämpferisch? Gestern war da dieser hustende Mann gewesen. Auf dem Balkon seiner Nachbarin. Anton hatte ihn nicht gesehen, und es ist vielleicht schwer vorstellbar, dass ein hustender Mann auf dem Balkon der Nachbarin ein echtes Problem darstellt. Anton aber bekam den Ton dieses Hustens nicht mehr aus seinem Kopf. Jedes Mal, wenn er es wieder hörte, schnitt es ihm ins Herz, ja, es schnitt, so fühlte sich das jedenfalls an in seiner breiten Brust. Dem Hustenton nach zu schließen war der andere sicher jünger als Anton (das war leicht), reicher als Anton (das war noch leichter) und leichter als Anton (das war am leichtesten). Anton hätte beleidigt sein können oder gekränkt, er hätte vielleicht sogar wütend sein müssen, aber er war eigentlich nur traurig. Und an diesem Tag war er so traurig, dass er während der Fahrt seufzte, ganz ohne seine Tür.

Seit die Buslinie privatisiert worden war, fuhr Anton einen uralten Bus. »Ausgelagert«, hatten die das genannt. Anton war als Fahrer des öffentlichen Verkehrsverbunds entlassen worden, um gleich darauf von der privaten Busgesellschaft wieder angestellt zu werden. Bei den Politikern heißt so etwas »die Kräfte der Wirtschaft spielen lassen«; oder »unternehmerische Freiheit« oder »Liberalisierung des öffentlichen Verkehrs«. Für Anton bedeutete diese Freiheit, dass er weniger Geld bekam, dafür aber mehr Arbeit. Und einen schäbigen Bus. Die private Gesellschaft hatte die uralten, gelben Postbusse zusammengekauft und sich nicht einmal die Mühe gemacht, sie neu lackieren zu lassen. Immerhin, wenn bei diesen Bussen etwas defekt war, konnte es Anton meistens selbst reparieren, und ehrlich gesagt, die Busse waren zwar nicht komfortabel, aber so richtig kaputtgehen konnten die gar nicht. Die modernen Busse glitten lautlos über die Straßen, aber ständig leuchteten irgendwelche Warnlichter auf. Man musste dann in die Werkstatt, und dort hängten sie den ganzen riesigen Bus an einen winzigen Computer an. Der Computer sagte, es sei alles in Ordnung;

der Werkstattleiter sagte, es ist alles in Ordnung. Anton fuhr weg, und zwei Kurven weiter leuchtete das Warnlicht wieder auf. Daraufhin kehrte Anton in die Werkstatt zurück, und der Chefmechaniker sagte: Das Warnlicht spinnt eben ein bisschen. So lief das jedes Mal. Aber wie gesagt, nur mit den neuen Bussen.

In Altbach stieg Deniza zu. Sie war das einzige Kind, das in Altbach zustieg. In Altbach gab es deutlich mehr Begräbnisse als Taufen, und wenn die Kirchenglocken läuteten, fragten sich alle, ob es schon wieder die Totenglocke war. »Deniza«: So stand es in ihrem Busausweis. Nicht Denise oder Denisa, so hießen die Einheimischen, sondern Deniza. Irgendein »Migrationshintergrund«, so nannte man das heute. Anton machte da keinen Unterschied, wer einen Ausweis hatte oder eine Fahrkarte löste oder zumindest grüßte, fuhr mit, und basta. Insgeheim dachte er, die Altbacher könnten für das bisschen Migration ruhig dankbar sein, so ganz auf sich allein gestellt wären die doch längst ausgestorben. Nebenbei bemerkt sprachen die Kinder mit dem sogenannten Migrationshintergrund meistens besser Deutsch als die Einheimischen. Denizas »Guten Morgen« klang um einiges klarer und schöner als das genuschelte »Muoagn« der Eingeborenen.

Aber wie gesagt, wenn einer einen Ausweis hatte, war es Anton gleichgültig, wie er »guten Morgen« sagte, so wie ihm eigentlich fast alles gleichgültig war. Nur wenn jemand stänkerte oder raufte, und das waren wiederum oft die Burschen mit dem sogenannten Migrationshintergrund, dann stellte Anton widerwillig, aber unmissverständlich klar, dass er der Chef in diesem Bus war, und weil er alle gleich behandelte, glaubten ihm das auch alle. Alle, bis auf Anton selbst, der wusste, er hatte jedes Jahr ein bisschen weniger mitzubestimmen, ein bisschen weniger zu sagen. Aber für diese Bürschchen reichte es noch. Anton hatte 1,90 Meter, 110 Kilo und einen dichten Vollbart vorzuweisen. Wenn Anton nur die Stirn runzelte, verstummten auch die nervös herumhüpfenden Fliegengewichtskickboxer.

Ein einziges Mal hatte sich einer beweisen wollen, vor ungefähr zwei Wochen war das gewesen. Kevin, ohne Migrationshintergrund, dafür aber aus neureichem Haus, wie man an den teuren Markenklamotten erkennen konnte, die freilich noch viel zerrissener aussahen als echt zerschlissene Kleidung. Kevin mit dem Irokesenhaarschnitt, ein alter Bekannter. Immer auf der Suche nach Ärger in Form von Rangeleien um einen Sitzplatz oder ein Mädchen oder beides. Vor zwei Wochen war es um einen Sitzplatz neben einem Mädchen gegangen, und Kevin, dieser energydrinktrinkende Kapuzenjackenheld, hatte sich an Ferdinand vergriffen und ihn einfach auf den Boden gestoßen. Da lag Ferdinand ziemlich verblüfft, denn das Raufen war er gar nicht gewohnt, weshalb er sich auch nicht gegen die Tritte wehrte, die Kevin ihm mit seinen wuchtigen Lederschuhen versetzte. Anton war dazwischengegangen, hatte Kevin zurückgehalten, bis sich Ferdinand wieder aufrappeln konnte. Als er ihn losgelassen hatte, war Kevin in Angriffspose gegangen und hatte geschrien: »Was willst du, fetter alter Mann mit deinem Scheißdreckbus?!« Anton musste darüber lachen. »Scheißdreckbus«, das fand Anton lustig. Außerdem zutreffend. Doch nichts provoziert wütende Menschen mehr als ein herzhaftes Lachen, und so hatte dieser Hoodieträger doch tatsächlich versucht, Anton ein paar Fausthiebe zu versetzen. Anton konnte Kevin allein durch die Reichweite seiner mächtigen Arme auf Distanz halten, ohne ihm auch nur das kleinste Irokesen-Haar zu krümmen, und an der Kapuze ließ er sich problemlos aus dem Bus hebeln.

Seit zwei Wochen murmelten also auch die Streetfighter von der Hoodie-Fraktion irgendeinen Gruß, »Seass« sollte wohl »Servus« heißen, egal, Anton verbuchte es als guten Willen. Aber diese Jungs fuhren ohnehin nur eine Station innerhalb der Stadt, die grünen Wiesen und die frische Luft am Land mieden sie wie der Teufel das Weihwasser.

»Guten Morgen«, sagte Deniza, zeigte ihren Ausweis vor und strahlte voller Tatendrang. Sie war immer voller Tatendrang.

»Guten Morgen, Deniza«, sagte Anton, und er sprach es wie Denisa aus, so hatte das Mädchen es ihm beigebracht.

5

Oft konnte Anton nicht schlafen. Warum, wusste er nicht. Eigentlich war ja alles in Ordnung. In der Sekunde – oder war es eine Hundertstelsekunde? –, in der er spürte, dass er sich jetzt hingeben würde, durchzuckte so etwas wie eine elektrische Welle seinen ganzen Körper. Es fühlte sich an, als stünden plötzlich all seine Nerven unter Strom. Dann begann sein Herz wild zu schlagen, und das Denken setzte ein. Mit hundertzwanzig Puls und ratternden Gedanken einschlafen zu wollen, war ein sinnloses Unterfangen. Aus und vorbei.

In solchen Fällen hätte Anton gerne ein Bier getrunken. Oder zwei. Aber wenn es Mitternacht ist und die Frühschicht um fünf beginnt, kann man als Busfahrer kein Bier trinken. Schlaftabletten nehmen sowieso nicht. Also wärmte sich Anton missmutig eine Milch mit Honig.

»Milch mit Honig, schlaf wie ein König«, hatte seine Mutter immer gesagt. Auch abgesehen von dem miserablen Reim hasste Anton Milch. Aber irgendwie legte sich die süße Milch schwer in seinen Magen, und die leichte Übelkeit narkotisierte ihn in der Folge doch. Vielleicht führten aber auch die Kindheitserinnerungen zu dieser leichten Lähmung. Wenn man eine Mutter hat, die nicht nur Mechthild heißt, sondern sich auch so benimmt, hat man es nicht so leicht. So weit Anton zurückdenken konnte, hatte sich seine Mutter immer Sorgen um ihn gemacht. *Du verkühlst dich, nimm einen Schal! Von Oktober bis März niemals ohne Mütze aus dem Haus gehen! Pass auf, wenn du über die Straße gehst!* Das hatte sie noch dem vierzehnjährigen Anton nachgerufen, und der wäre vor Scham am liebsten im Boden versunken. Sein Vater hatte ihn nie in Schutz genommen, denn auch er stand unter der Kontrolle von Mechthild.

Aber wie es halt so ist, später wird man immer ein bisschen wie seine Eltern. Bis auf seinen Hunger, mit dem das nie klappte, hatte Anton gerne alles unter Kontrolle. Beim Versuch, Schlaf zu finden, wirkte sich das allerdings nicht wahnsinnig positiv aus, denn das Wesen des Einschlafens ist Kontrollverlust. Man muss sich gehenlassen. »Gehenlassen« und »müssen«, das passt nicht zusammen. Das wusste Anton, aber es half ihm nichts. Also setzte er sich auf seinen kleinen Balkon und träumte davon, ein klein wenig und ganz zärtlich die Kontrolle zu verlieren, mit Doris. Ja, mit Doris stellte er sich das sehr fein vor.

Doris, so hieß seine Nachbarin. Ein schmaler Spazierweg, gesäumt von kleinen Bäumen und Sträuchern, trennte ihre Häuser. Manchmal saß Doris ebenfalls auf ihrem blumengeschmückten Balkon und rauchte, keine zwanzig Meter von ihm entfernt.

Im Winter hatte sie ihren Balkon weihnachtlich dekoriert. Anton saß in Pyjama und Anorak mit seiner Honigmilch auf seinem Balkon und wärmte sich daran, dass Doris auf ihrem Sofa lag und vor dem Kaminfeuer ein Buch las. Die Vorhänge hatte sie fast immer offen, und manchmal sah Anton sie spärlich bekleidet durch ihr Wohnzimmer gehen. Er stellte sich vor, wie warm und weich ihr wunderbarer Körper sich anfühlen würde, aber dann ging er schnell wieder hinein, denn erstens war ihm das peinlich, und zweitens half es ihm auch nicht gerade beim Einschlafen.

Jetzt im Spätfrühling glich der Balkon seiner Nachbarin bereits einem kleinen Dschungel, überall wucherndes Grün und üppige Blüten.

Doris hatte halblanges, dunkles Haar und grüne Augen. Oder waren sie blau? Türkis? Wenn sie sich beim Einkaufen in dem kleinen Laden im Ort trafen, schien ihm die Farbe jedes Mal ein wenig anders zu sein, aber er traute sich jedes Mal nur ganz kurz hinzusehen, deshalb blieb stets diese kleine Unsicherheit.

Eines wusste Anton mit unerschütterlicher Sicherheit: nämlich, dass Doris die wunderbarste Frau auf der ganzen Welt war. Dazu musste er die anderen Milliarden gar nicht kennen. Und diese wunderbarste aller Frauen hatte ihm das Schicksal zur Nachbarin geschenkt.

Ein paarmal hatte Anton Doris geholfen, ihre Einkäufe nach Hause zu tragen.

»Kommst du mit auf einen Kaffee?«, hatte Doris immer wieder gefragt und ihm mit ihren hinreißenden Augen zugeblinzelt.

»Gerne einmal«, hatte Anton meist geantwortet und dann irgendeine Ausrede erfunden, warum es nicht ginge.

Doch vor zwei Monaten, genau genommen am 4. März, hatten sie einander wiedergetroffen, in der Obstabteilung. Anton hatte Bananen gekauft und Doris Erdbeeren.

»Ein schneller Kaffee, komm halt einmal«, hatte sie gesagt. In dem kleinen Ort duzten sich alle, und natürlich wusste Doris, dass Anton Busfahrer war, so wie Anton wusste, dass Doris für das Naturmöbel-Unternehmen arbeitete.

Anton überprüfte innerlich ihr Angebot, und da er befand, dass es nichts Anzügliches enthielt, beschloss er spontan, mitzukommen.

6

Nun näherte sich der Bus bereits der Stadt. Anton freute sich auf seine Pause. Er hatte fünf Brezeln mit und drei Knackwürste. Und eine große Flasche Cola.

Nicht nur die Kinder veränderten sich, wenn man sich der Stadt näherte, sondern auch die Jausen der Kinder. Zuerst stiegen die Bauernkinder ein. Sie hatten rote Backen, die leuchteten wie die Äpfel im Herbst, und wenn sie im Bus frühstückten, dann riesige Schwarzbrotscheiben, dick mit Butter bestrichen und mit fettem Speck belegt. Das schmeckte sicher sehr gut. Anton tolerierte das Jausnen im Bus, denn von allen menschlichen Bedürfnissen schien ihm Essen das notwendigste, und von allen Sünden Völlerei die verzeihlichste.

Je näher sie der Stadt kamen, desto blasser und schmaler wurden die Kinder, sie hatten Äpfel oder Karotten in Tupperware-Dosen dabei oder saugten an irgendwelchen Smoothies in Plastikhülsen, die machten auch Schmutz, aber sinnlosen, fand Anton.

Carla und ihre Tochter Annika warteten an der Haltestelle. In diesem Fall war es aber nicht so, dass die Mutter die Tochter begleitete, sondern umgekehrt. Anton hielt, öffnete die Tür und stieg aus, um Carla zu helfen. Carla saß im Rollstuhl.

»Guten Morgen, wie geht es?«, fragte Anton.

»Prächtig«, sagte Carla. »Ich hatte in der Nacht solche Schmerzen, dass ich nicht schlafen konnte, und dadurch hatte ich viel Zeit zum Nachdenken und bin auf ganz tolle Ideen gekommen.«

»Aha«, sagte Anton und fing Annikas skeptischen Blick auf. Carla war immer fröhlich. Immer optimistisch. Annika schien darunter zu leiden. Sie war elf Jahre alt, aber sie wusste sehr genau, was Krebs im fortgeschrittenen Stadium bedeutet. Und jeder konnte sehen, wie ihre Mutter buchstäblich verschwand, wie sie immer magerer und schwächer wurde.

Als Anton Carla auf den Platz in der ersten Reihe gesetzt

und ihren Rollstuhl verstaut hatte, fuhr er weiter Richtung Stadt.

Nun ja, Stadt. Eine »Stadt« war Gmund vor allem auf dem Papier, seit 1250 schon, aber im Prinzip handelte es sich um ein Dorf mit Stadtrecht, was sich in der Realität so auswirkte, dass rund um das Dorf ein Speckgürtel aus Baumärkten, Drogerieketten und Supermärkten entstanden war, alle fröhlich nebeneinander, als ob es keine Konkurrenz gäbe. Die Geschäfte in der Innenstadt dagegen wechselten jedes Jahr den Besitzer, weil man dem Preisdruck nicht standhalten konnte. Statt zu Fuß im Zentrum einzukaufen, fuhren alle Bewohner des Zentrums in die Großkaufhäuser am Rand der Stadt, weil man dort »alles hatte«. Deshalb stand Anton nun wie an jedem Tag im Stau, obwohl diese Stadt sich wahrlich keinen Stau verdient hatte.

Antons Telefon läutete. Es war die Zentrale. Natürlich hatte er die Nummer eingespeichert. »Guten Tag, Herr Schwenk«, flötete die Sekretärin. »Geht es gerade?«

»Ja«, brummte Anton.

»Dann darf ich Sie mit Herrn Beißkammer verbinden.« Sagte es und machte das auch schon, obwohl Anton weder »ja« noch »nein« geantwortet hatte. Eigentlich hätte er gerne »nein« gesagt, denn mit dem Personalchef verbunden zu werden, verhieß selten etwas Gutes. Noch während Anton überlegte, welche Bedeutung der Name Beißkammer einst gehabt haben könnte, war der Personalchef schon dran. Er gehörte zu der doch ziemlich seltenen Sorte von Leuten, die sich mit ihrem Namen samt Titel meldeten.

»Magister Harald Beißkammer hier«, sagte Magister Harald Beißkammer.

»Jo«, sagte Anton.

»Herr … äh … Schwenk … wir haben ziemlichen Gesprächsbedarf, wenn ich das so sagen darf.«

»So?«, brummte Anton. Gesprächsbedarf, den hatte er jedenfalls nicht. Hunger, ja, aber Gesprächsbedarf, so was gab es doch gar nicht.

»Wir haben hier heute eine Anzeige hereinbekommen, dass Sie einen Fahrgast krankenhausreif geprügelt haben.«

»Bitte was?« Plötzlich begann sich Anton doch ein wenig für das Gespräch zu interessieren.

»Vor genau vierzehn Tagen … Ein junger Mann wurde von Ihnen aus dem Bus geworfen. Er hat später Anzeige bei der Polizei erstattet. Die Ärzte im Krankenhaus haben bei ihm einen Armbruch, mehrere Prellungen, Blutergüsse und so weiter festgestellt.«

»Das ist nicht möglich.«

»Sagen Sie nicht, dass es nicht möglich ist, ich habe es hier schwarz auf weiß.«

»Wenn wir Videoüberwachung hätten, wie die Busse in der Stadt, dann …«

»Herr Schwenk! Haben Sie vor circa zwei Wochen einen Passagier des Wagens verwiesen, ja oder nein?«

»Ja. Aber …«

»Nichts aber. Wissen Sie, wer das war? Kevin Kropf, der Sohn des Bürgermeisters.«

»Na und? Er hat im Bus herumgestänkert und auf einen jungen Burschen eingetreten, da musste ich doch … «

»Sie können doch nicht den Sohn des Bürgermeisters krankenhausreif prügeln!«

»Ich habe den Sohn des Bürgermeisters nicht …«

»Sie sollen auch sonst keine Fahrgäste krankenhausreif prügeln.«

»Ich habe in meinem ganzen Leben noch nie ...«

»Ich kann Ihre Ausreden nicht dulden. Herr Schwenk! Herr Anton Schwenk. Kommen Sie heute nach Dienstschluss zu einem persönlichen Gespräch. Und zwar zeitnah nach Dienstschluss. Auf Wiedersehen.«

Sagte er, und das war's.

»Zeitnah«, über das Wort hatte Anton schon öfter nachgedacht. Ist denn die Zeit nicht immer nah? Ist sie nicht sogar so nah, dass sie schon wieder vorbei ist, wenn man gerade bei ihr ankommt? »Schnellstens«, das hätte besser gepasst. »As soon as possible«, das hatte Magister Beißkammer auch schon zu ihm gesagt, auch in der Abkürzung, »asap«, und auch in der Steigerungsform der Abkürzung, »asapissimo«. Wie auch immer, Anton spürte, dass seine Tage bei dieser Buslinie wohl zeitnah, wenn nicht gar asapissimo, zu Ende gehen würden.

Anton hatte Hunger, wahnsinnigen Hunger. Manche Leute können nichts essen, wenn sie nervös sind. Bei Anton war es umgekehrt. Essen tröstete ihn. Essen beruhigte ihn.

Am meisten beruhigten ihn Brezeln. Brezeln, in der Mitte auseinandergeschnitten und innen dick mit Butter bestrichen. Da ging nur eine Leberkäsesemmel drüber, aber auch nicht immer. Manche Menschen sind nach einer Butterbrezel satt. Anton, der Busfahrer, vertrat den Standpunkt, dass eine Butterbrezel im Prinzip drei Bissen sind, nicht mehr. Also drei oder vier Exemplare brauchte es schon, um einen halbwegs befriedigenden Zwischendurch-Imbiss abzugeben. Nach der dritten Brezel hatte er sich zwar etwas beruhigt, aber ein bisschen melancholisch war er auch geworden.

Tags zuvor, nach der Entdeckung des hustenden Mannes auf dem Balkon seiner Nachbarin, hatte sich Anton ein Fußballspiel im Fernsehen angesehen. Er wusste nicht mehr, wer gegen wen. Er interessierte sich überhaupt nicht für Fußball. Er hatte nur die Stimme des Kommentators als angenehm empfunden, und umzuschalten zahlte sich ohnehin nicht aus, denn die anderen Sendungen interessierten ihn auch nicht. Einer der beiden Mannschaften war in der letzten Minute das Siegestor gelungen, und der Kommentator hatte einen Satz gesagt, der Anton durch Mark und Bein gegangen war. »Wieder einmal hat sich bewiesen, wer ausschließlich defensiv spielt, kann nur verlieren.«

Eigentlich war Antons Leben eine einzige Defensive. Und hätte der Kommentator gesagt, aus der Defensive heraus kann man nur schwer gewinnen, wäre es ihm egal gewesen. Aber verlieren?

Verlieren wollte er nicht.

7

Doris fand diese Grabblumen ohnehin schrecklich, und deshalb machte es ihr gar nichts aus, dass sie jetzt über das Zierbeet in der Mitte des Kreisverkehrs raste. Was hätte sie tun sollen? Stau Richtung Liebkirchen, da musste wieder mal etwas passiert sein. Die Rechtsabbieger blockierten die ganze Straße, also immer schön gerade halten, bis die Stiefmütterchen durch die Luft flogen, und dann weiter Richtung Autobahn! Doris lächelte etwas angespannt, aber zufrieden.

Angespannt, aber zufrieden – das war sie auch vor zwei Monaten gewesen, am 4. März war es, das wusste sie noch, als Anton endlich ihre Einladung angenommen hatte. Und ihre Anspannung hatte sich sehr schnell gelegt, als sie gesehen hatte, dass Anton sich doch ein klein wenig gehenlassen und aus sich herauskommen konnte. Sie hatten sich zwei Stunden lang selbstvergessen unterhalten, und zwar über Gott und die Welt und das Leben, ganz ohne Blabla. Interessant war das mit den Frauen ... Konnte sie Anton wirklich glauben, dass er da so wenig zu berichten hatte? Oder hatte er sich noch immer nicht ganz von seiner Mutter gelöst, die ihn am liebsten bei sich einsperren würde, damit ihm nur ja nichts passiert?

Doris überholte eine ganze Kolonne, die sich hinter einem Traktor gebildet hatte, und dachte, ich selbst hätte nicht so viel von mir erzählen sollen, damals, am 4. März. Das hat ja fast schon so geklungen, als würde ich Männer sammeln ... Der Maler! Der Fotograf! Der Grafiker! Nun ja, mit Anfang vierzig durfte man ja wohl eine kleine Geschichte haben, aber sie hätte vielleicht nicht alles auf einmal erzählen müssen. Und obwohl der entgegenkommende Autofahrer laut hupte, bevor er in die Wiese auswich (na bitte, geht doch!), hörte Doris sich reden.

»Ich hatte nicht nur eine offensichtliche Vorliebe für visuelle Berufe, sondern auch für Männer, die mich schlecht behandelt haben.«

»Wie kann es sein, dass man dich schlecht behandelt?«, hatte Anton fassungslos nachgefragt.

»Der Maler war sehr glücklich darüber, dass ich ein fixes Gehalt hatte. Der Fotograf hat mich am laufenden Band betrogen. Und der Grafiker hat gemeint, dass ich ihm, wenn ich von der Arbeit heimkomme, noch die Buchhaltung, das Essen und den Haushalt machen soll.«

»Und das hast du gemacht?«

»Ja.«

»Warum?«

»Am Anfang aus Liebe. Später aus Dummheit. Einmal habe ich Fischfilets gebraten, und weil er fand, dass Salbei nicht dazu passt, hat er seinen Teller demonstrativ in den Mülleimer geworfen.«

»Und was hast du gemacht?«

»Allein aufgegessen. Aber irgendwann wurde es dann sogar mir zu viel. Noch nicht, als er das frisch gebügelte Hemd wieder zerknüllte, weil es ihm nicht gut genug gebügelt war. Aber bald danach.«

»Und hast du die Adresse von diesem Typ?«, fragte Anton. »Ich würde gerne mal mit ihm reden und ihm erklären, wie man sich einer Frau gegenüber zu verhalten hat.«

»Keine Sorge. Mein nächster Mann ist sicher liebenswert. Und ein Held.«

»Ein Held?«

»Einer, der nicht ist wie die anderen. Einer, der außergewöhnliche Dinge wagt. Einer, bei dem ich Geborgenheit finden kann.«

»Ich bin nicht sehr außergewöhnlich, aber ich finde, eine Frau muss man auf Händen tragen und verehren und …«

Anton war verstummt … Und jetzt?, hatte Doris gedacht … Wenn da nicht der Tisch zwischen uns stünde oder wir ein bisschen näher beieinander säßen, auf einer Bank zum Beispiel, das wäre doch ein ganz passender Augenblick für einen Kuss. Aber stattdessen sagte Anton: »Wenn du willst, kann ich dir den Rasen mähen. Ich habe auch eine elektrische Heckenschere. Ehrlich, ich mag Gartenarbeit, und ich würde dich sehr gerne unterstützen.«

Immerhin, das war nett gewesen ... Verehren und auf Händen tragen, das klang romantisch. Rasen mähen und die Hecke schneiden konnte auch nicht schaden.

Als der Wein ausgetrunken war und es etwas kühl wurde in der Gartenlaube, verabschiedete sich Anton.

Doris begleitete ihn bis zum Gartentor.

Anton streckte ihr die Hand hin. »Auf bald, hoffentlich, Nachbarin.«

Sie nahm seine Hand und sah ihn lächelnd an ... vielleicht auch ein bisschen spöttisch? Er war ja doch so süß und unbeholfen. Mit der linken Hand streichelte Doris flüchtig über Antons rechte Wange. Dann drückte sie ihm einen schnellen Kuss auf die linke.

»Bis bald, Nachbar«, sagte sie.

8

»Ich möchte ans Meer fahren«, sagte Carla.

»Wie bitte?«, fragte Anton.

»Sie möchte ans Meer fahren«, sagte Annika.

»Im Sommer dann?«, fragte Anton nach, und irgendwie klang in seiner Stimme wohl mit, dass es für Carla vielleicht gar keinen Sommer mehr geben würde.

»Vielleicht gibt es gar keinen Sommer mehr für mich«, sagte Carla. »Sieh mich doch an.«

Anton sah sie aus dem Augenwinkel an. Er sagte nichts, denn heucheln brauchte man bei Carla nicht, das wusste er schon.

»Mama ist sehr krank«, erklärte die kleine Annika. »Sie sagt, dass sie sich vielleicht bald von Papa und mir verabschieden muss. Aber sie will das Meer noch einmal sehen. Ihre Bucht. Wirklich.«

»Wirklich?«, wiederholte Anton murmelnd und sah zu Carla, die klapprig in ihrem Sitz lehnte.

»Ich hab dir doch gesagt, ich hatte in der Nacht solche Schmerzen, dass ich viel nachdenken konnte. Und ich habe den Entschluss gefasst, dass ich noch einmal nach Hause fahren will. Und zwar heute.«

»Und zwar heute«, bestätigte Annika.

»Wieso nach Hause?«, fragte Anton.

»Ich bin in San Marco aufgewachsen«, sagte Carla. »Wusstest du das nicht? Hört man das nicht?«

»Irgendwie redest du schon anders … aber ich habe nie darüber nachgedacht. Und wo liegt dieses San Marco?«

»Bei Duino an der oberen Adria«, sagte Carla.

»Das wird aber nicht ganz einfach«, brummte Anton. »Aus der Stadt könnt ihr den Zug in die nächste Stadt nehmen, und dort geht vielleicht ein Zug … nach Venedig oder Triest oder so. Habt ihr schon Tickets?«

»Nein«, sagte Carla und richtete sich auf, so gut es ging. »Wir fahren mit dir. Mit deinem Bus.«

»Aber das Meer liegt nicht auf meiner Linie«, widersprach Anton.

»Manchmal muss man vielleicht ein bisschen von der Linie abweichen, um das Glück zu finden«, sagte Carla bestimmt.

»Ich muss heute zum Personalchef, weil ich schon zu viel von der Linie abgewichen bin. Und ich nehme mal an, dass er mich zeitnah vor die Tür setzen wird.«

»Na eben«, sagte Carla. »Dann ist es ja egal. Außerdem weiß ich doch schon lange, dass dir dein Job keine Freude mehr macht. Sieh mich an. Ich habe jeden Tag Freude. Ein Tag ohne Freude ist ein verlorener Tag. Du bist zwar gesund, aber auch du weißt nicht, wie viele Tage du noch vor dir hast.«

»Und wie hast du dir das vorgestellt?«, fragte Anton.

»Ganz einfach«, sagte Annika. »Wir nehmen den Bus und machen einen kleinen Ausflug. Papa ist heute auf Langstrecke, er kommt erst morgen wieder.«

»Ich habe meinen Mann angefleht, mit mir in meine Bucht zu fahren«, fügte Carla hinzu. »Aber er hat sich geweigert. Er sagt, es sei völlig verantwortungslos, in meinem Zustand so weit zu fahren. Und wenn etwas passiert, hat er gemeint, dann gibt es dort nur italienische Krankenhäuser.«

»Da hat er recht«, entgegnete Anton.

»Aber was soll denn passieren?«, insistierte Carla. »Was soll denn mir noch passieren?«

»Ich werde auf jeden Fall dabei sein, um aufzupassen«, sagte Annika. »Also, was sagst du?«

Anton biss in seine Butterbrezel und dachte nach. Diese kleine Annika … sie war so ernst und doch so ein kleiner Sonnenschein. Aber das mit dem Ausflug, das stellte sie sich zu einfach vor.

»Das ist ein Blödsinn«, sagte Anton, der Busfahrer. »Ich kann doch nicht einen Bus entführen.«

Annika wandte sich ab.

»Was ist?«, fragte Anton.

»Nichts«, sagte Annika tapfer. Sie nahm all ihren Mut zusammen und sagte bestimmt: »Ich habe gewusst, dass du dich nicht trauen wirst.«

Anton schob den Rest seiner Brezel als Ganzes in den Mund. Sich von einer Elfjährigen sagen zu lassen, dass man ein Feigling ist, das tat schon weh. Weh tat es vor allem, weil es stimmte. Und hatte nicht Doris, hatte nicht ausgerechnet Doris gesagt, dass sie Menschen bewundert, die sich trauen, etwas Außergewöhnliches zu wagen? Andererseits, da hatte ohnehin dieser Mann auf ihrem Balkon gehustet, wozu sollte er noch versuchen, Doris zu beeindrucken? Andererseits wiederum … Sein Telefon leuchtete auf. Eine WhatsApp von Doris: »Hallo Anton, wie geht es dir? Wie fährt es sich?« Schwer zu sagen, dachte Anton, und beschloss, die Antwort auf später zu verschieben.

»Ich habe morgen frei«, sagte er. »Morgen bringe ich euch mit meinem Auto ans Meer.«

»Morgen«, sagte Carla, »morgen beginnt meine fünfte Chemotherapie. Mein Mann wird nicht zulassen, dass ich sie versäume. Und morgen früh ist er wieder da.«

»Dann fahren wir nach der Chemotherapie.«

Carla beugte sich so gut wie möglich zu Anton vor und flüsterte, damit Annika sie nicht hören konnte: »Nach jeder Chemo geht es mir noch schlechter. Ich weiß nicht, ob ich die nächste überlebe. Wir können heute fahren, oder nie.«

Der Bus hatte die Stadt erreicht. Kevin stand an der nächsten Station. Grinste unter seiner Kapuze vor. Die dreihundert Meter zur Schule hätte der locker gehen können. Aber stattdessen musste er rauchen und blöd schauen. Anton hielt. Sah in Kevins grinsende Grimasse. Dann grinste Anton auch und zeigte Kevin den Mittelfinger. Kevin reagierte ganz anders, als Anton es erwartet hatte. Sein Gesicht entspannte sich, fast schien er sympathisch. Und dann antwortete er auf den Mittelfinger mit: Daumen hoch. Anton sah, dass Kevins Arm eingegipst war. Der hatte sich wohl geprügelt und nachher versucht, es Anton in die Schuhe zu schieben! Das war Anton aber jetzt egal. Er öffnete die Tür nicht. Stattdessen gab er Gas, als ob er in einem Sportwagen säße. Die Reifen des Busses quietschten trotzdem nicht.

Anton fühlte, dass es guttat, sich ein bisschen etwas zu trauen. Vielleicht würde es wahnsinnig guttun, sich etwas mehr zu trauen. Und war nicht ohnehin schon alles egal? Außer das mit Doris ... Doris hatte für eine kleine Verrücktheit sicher etwas übrig, und dann würde sie diesen Mann mitsamt seinem blöden Husten vom Balkon stürzen und dann ...

Plötzlich stand Annika neben ihm und legte ihre kleine Hand auf seinen Arm.

»Bitte«, sagte Annika.

Anton nahm das Mikrofon zur Hand. Er machte selten Durchsagen. Jeder kannte die Stationen auswendig, wozu sollte er etwas sagen?

Aber jetzt sagte er etwas: »Hallo Leute. Bitte Ruhe.«

Alle erschraken. Es wurde totenstill im Bus.

»Wer hat Lust, ans Meer zu fahren?«, fragte Anton.

9

In den wenigen Minuten bis zur Endstation arbeitete Antons Gehirn auf Hochtouren. Wichtig würde vor allem sein, dass es immer etwas zu essen gab. Das war der erste Gedanke, der Anton durch den Kopf ging. Der zweite war: Ich muss ja meine Pausen einhalten. Nach viereinhalb Stunden musste er mindestens fünfundvierzig Minuten Pause machen. Der dritte Gedanke war, dass der zweite Gedanke sinnlos war. Denn man brauchte sich um die gesetzlich vorgeschriebenen Pausen eigentlich nicht zu kümmern, wenn man gerade einen Bus mit Schulkindern entführte. Sicher würde ihm das Busunternehmen irgendwann die Polizei auf den Hals hetzen. Je mehr Leute im Bus, desto besser, dachte Anton, denn keine Sondereinheit eröffnet das Feuer auf einen Bus voller Kinder. Andererseits, war das nicht ein Blödsinn, an die Polizei zu denken? Was machte er denn schon? Einen kleinen Ausflug mit einem ausgeliehenen Bus. Mehr nicht.

Die nächste Station war die Endstation. Von hier aus konnten alle bequem zu Fuß ihre Schulen erreichen. Anton brachte den Bus zum Stehen und öffnete die Tür.

»Ich fahre mit ans Meer.« Da stand die kleine Helene wacker mit ihrer viel zu großen, viel zu schweren Schultasche und sah Anton vertrauensvoll an.

Ferdinand, ihr großer Bruder, versuchte sie am Ärmel zu nehmen und aus dem Bus zu ziehen.

»Du fährst sicher nicht ans Meer, Helene«, sagte Ferdinand. »Das war ja nur ein Witz.«

»Das war kein Witz«, sagte Annika.

»Ich bleibe bei Annika«, sagte Helene bestimmt. Annika

und Helene gingen in dieselbe Klasse und waren beste Freundinnen.

»Du kommst jetzt mit«, sagte Ferdinand laut. »Und zwar gleich. Ich muss jetzt los. Ich habe in der ersten Stunde Schularbeit.«

»Ich bleibe bei Annika und ihrer Mami«, sagte Helene.

»Mann, das gibt's ja nicht.«

»Ich fahre auch mit«, sagte Eva. Sie war siebzehn, so wie Ferdinand. Ferdinand konnte Eva nicht ausstehen. Diese Emo-Gruftie-Frau mit ihren schwarz gefärbten Haaren und den dunkel geschminkten Ringen unter den Augen ging ihm allein schon durch ihr Aussehen wahnsinnig auf die Nerven.

»Wenn du dich nicht traust, ich pass' schon auf deine kleine Schwester auf.«

»Auf meine Schwester pass' ich schon selber auf. Im Gegensatz zu dir weiß ich, was Verantwortung ist.«

»Ich bin mir nicht sicher«, sagte Deniza. »Ich liebe das Meer. Und ich würde gerne bei euch sein. Aber ich muss in die Schule.«

»Deine Eltern sind streng«, bemerkte Anton kopfnickend.

»Ja«, sagte Deniza. »Ich würde wirklich gerne, aber …«

»Mach dir keinen Kopf. Auf Wiedersehen, Deniza«, sagte Anton, und Deniza stieg aus.

»Ich bin auch dahin«, sagte Erik. Und einige andere, die Anton nicht so gut kannte, weil sie nur wenige Stationen fuhren, stiegen ebenfalls aus.

»Na eben«, sagte Ferdinand. »Und du kommst jetzt auch, Helene.«

»Nein.«

»Sie fahren jetzt ans Meer?«, fragte Ferdinand.

Anton nickte.

»Sie sind völlig verantwortungslos«, sagte Ferdinand.

Anton nickte. »Wahrscheinlich hast du recht. Ich mache es trotzdem.«

»Und wohin, wenn ich fragen darf?«

»San Marco. Wo immer das sein mag.«

»Mann, Helene! Du weißt doch, dass ich dich nicht allein lassen darf! Und mit Papa gab es schon die Krise wegen der Bier-Party letzte Woche!«

Helene nickte. »Eben, Ferdinand. Dann lass mich jetzt nicht im Stich. Und außerdem hast du eh nichts für die Schularbeit gelernt.«

Da hat sie allerdings recht, dachte Ferdinand.

»Und warum fahren Sie ans Meer?«, wollte Ferdinand wissen.

»Weil ich sehr krank bin und es noch einmal sehen will«, sagte Carla.

»Ich gehe jetzt. Tschüss Helene.«

Ferdinand stieg aus. Nach wenigen Metern drehte er sich um.

»Alle an Bord, die freiwillig mitfahren wollen?«, fragte Anton.

»Ja«, kam es im Chor zurück.

»Freiwillig«, wiederholte Anton. »Überlegt es euch gut. Jetzt könnt ihr noch aussteigen.«

»Wir wollen ans Meer«, riefen Annika und Helene im Chor. Carla lachte.

»Letzter Aufruf«, sagte Anton. »Ich schließe jetzt die Tür.«

Ferdinand sprang in den Bus zurück.

»Scheiße«, sagte er. »Ihr seid ja alle völlig bescheuert.«

Seine kleine Schwester lächelte ihm zu.
»Kleines blödes Miststück«, zischte Ferdinand.
»Danke, Ferdinand«, sagte sie.
Anton schloss die Tür und fuhr los.

10

Und nachdem sie zwei Stunden lang über Gott und die Welt geredet hatten, fiel es Anton bei ihrem nächsten Treffen schon viel leichter, die Einladung von Doris, auf einen Kaffee zu kommen, anzunehmen. Das war vor ein paar Wochen gewesen, und Anton sah das Bild in einer solchen Klarheit vor sich, obwohl er eigentlich auf die Straße starrte: Doris trug ein schwarzes Sommerkleid, doch dieses Schwarz wirkte weder traurig noch düster, sondern viel eher wie der Hintergrund einer Bühne, auf der ihre gebräunte Haut, ihre dunklen Haare und ihre grünen Augen in einer von Anton als großartig empfundenen Inszenierung miteinander spielten. Die Aprilsonne hatte Luft und Erde fast sommerlich aufgeheizt. In einer Laube ihres Gartens hatte Doris ein kleines Abendessen gerichtet, Mozzarella, Tomaten und Basilikum, etwas Schinken, Salami, Käse, Oliven und das berühmte Weißbrot vom Bäcker in der Stadt. Anton war zunächst ein bisschen befangen gewesen … ja, er aß gerne, er aß viel, aber in Gegenwart dieses zauberischen Nachbarmenschen schien ihm Nahrungsaufnahme fast wie etwas Grobes. Und so aß er ungewohnt kleine Häppchen, die er ungewohnt lange kaute. Normalerweise kaute Anton ja gar nicht. Er fand Kauen sogar ziemlich überschätzt. Mit dem

Magen hatte er noch nie Probleme gehabt, außer eines: Hunger. Unstillbaren Hunger.

Aber merkwürdigerweise schien dieser lebenslange, geradezu existenzielle Hunger durch die bloße Anwesenheit von Doris gestillt zu sein.

Anton hatte sogar ein Gläschen Wein angenommen, tatsächlich ein Gläschen, »von meiner Oma«, hatte Doris das altmodische Trinkgefäß erklärt, für Antons Verhältnisse war das fast ein Fingerhut, und er hatte Angst gehabt, das filigrane Ding in seiner Pranke zu zerdrücken.

Sie hatten sich über die letzten Buch-Neuerscheinungen unterhalten. Seit sie seine Nachbarin war, versorgte Doris Anton mit Lesetipps. Sie hatte früher in einer Buchhandlung gearbeitet, aber das frühe Aufstehen und diese schreckliche Regelmäßigkeit hatten mit der Zeit Schatten auf ihre Seele gelegt, weshalb sie sich selbständig gemacht hatte. Geblieben war die Liebe zu Büchern. Und auch Anton las in seinen Pausen gern, das hatte sie einmal zufällig mitbekommen. Er las eigentlich alles, Sachbücher, Biografien, Krimis, nur mit allzu kitschigen Liebesromanen hatte er es nicht so. Manchmal jubelte ihm Doris trotzdem einen unter, und wenn es nicht allzu romantisch herging, gefiel ihm das eigentlich ganz gut.

Und obwohl in seinem Bus so ein aufgeregtes Geschnatter herrschte, konnte Anton manche Teile ihrer Unterhaltung nachsprechen, so sehr hatte sich die Erinnerung daran in ihm eingebrannt.

»Lesen eigentlich alle Busfahrer so viel?«

»Meines Wissens bin ich der einzige. Aber ehrlich gesagt rede ich nicht so viel mit den Kollegen.«

»Aber wenn du für deine Kollegen nicht viel übrighast und auch nicht gerne jeden Tag dieselbe Tour fährst, warum bist du dann Busfahrer?«

»Ich bin Busfahrer, weil ich damals den Mut hatte, den Wünschen meiner Familie nicht zu entsprechen. Ich wollte schon als Junge Busfahrer werden ... diese Wichtigkeit! Wie Schiffskapitäne kamen mir Busfahrer vor, und wie verantwortungsvoll sie das riesige Lenkrad drehten! Ich habe meinen Traum erfüllt.«

»Und jetzt?«

»Und jetzt fehlt mir der Mut, mir einzugestehen, dass der Traum gar nicht traumhaft ist.«

Und in der Folge hatten sie über Mut gesprochen, was es eigentlich bedeutet, mutig zu sein, und Doris hatte gesagt: »Mutig ist ja nicht der, der keine Angst hat, sondern der, der seine Angst überwindet. Oder zumindest versucht, sie zu überwinden.«

Solche Sätze, die aus Büchern stammen könnten oder vielleicht sogar stammten, konnte Doris sagen. Oder: »Wenn man sein Schicksal nicht selbst in die Hand nimmt, dann nimmt es dich in die Hand.«

»Wie meinst du das?«, hatte Anton nachgefragt.

»Meine Erfahrung ist«, hatte Doris erklärt, »wenn man den nächsten Schritt nicht gehen will, dann wird man irgendwie dazu gezwungen. Ich habe all die Jahre bei der großen Buchhandelskette von einem freien Leben geträumt, aber ich habe es nie gewagt, zu kündigen und mich selbständig zu machen. Und dann hab ich plötzlich Panikattacken bekommen ... die erste meist gleich in der Früh, wenn ich die Filiale betrat. Schlafen konnte ich auch nicht mehr ...«

»Ach ja, das Schlafen«, hatte Anton geseufzt.

»Und das ging so lange, bis ich nicht mehr konnte. Ich mag ja das Wort »Burn-out« nicht besonders, aber ich glaube, peinlicherweise hatte ich genauso so etwas. Und dann habe ich gekündigt, und zwei Wochen später habe ich die Annonce gesehen … *Grüne Welten*, mein Traumunternehmen. Nur habe ich damals in der Stadt gewohnt und musste jeden Tag hierher pendeln. Bis wenig später meine neunzigjährige Großtante gestorben ist. Da habe ich dieses kleine Häuschen geerbt, und wenn ich nicht gestorben bin, lebe ich immer noch glücklich und zufrieden.«

»Seit wann lebst du jetzt hier?«

»Seit zwei Jahren.«

»Wir kennen uns erst seit zwei Jahren?«

»Ja.«

»Es kommt mir viel länger vor«, hatte Anton gesagt. »Fast so, als würden wir uns schon ewig kennen.«

»Mir auch«, hatte Doris geantwortet. Und nach einer kleinen Pause hinzugefügt: »Wenn du mal wieder nicht schlafen kannst und auf deinem Balkon sitzt und mich siehst, möchtest du mir da Lichtzeichen geben?«

»Lichtzeichen?«

»Mit einer Taschenlampe. Oder einem Feuerzeug. Irgendein Lichtzeichen. Und ich antworte dir dann. Was meinst du?«

Anton räusperte sich.

»Kindisch, nicht?«, hatte Doris hinzugefügt und bezaubernd gelächelt.

Wäre ich ein Emoticon, hatte er gedacht, hätte ich jetzt Herzen in den Augen. Genau dieses unbefangen Kindliche mochte er an Doris. Mit ihr konnte er reden, mit ihr konnte er lachen, mit ihr fühlte er sich einfach wohl. Das war ihm vorher noch mit keiner Frau passiert.

Ein Kollege vom selben Busunternehmen winkte Anton zu, fragend irgendwie, ob alles in Ordnung sei, denn eigentlich konnte jeder sehen, dass Anton von seiner Linie abgekommen war. Anton streckte den Daumen in die Höhe. Alles bestens! Aber leider war nur in der Erinnerung alles gut und schön.

11

Auf dem Weg zur Autobahn stand der Bus im Stau. Carla, Annika und Helene saßen in der ersten Reihe. Auch die anderen hatten sich nach und nach in den vorderen Teil des Busses begeben. Sogar Eva hatte ihre Kopfhörer von den Ohren genommen. Trotz ihrer schwarz geschminkten Lippen und Augenlider wirkte sie ausnahmsweise nicht düster. Der Hauch eines Lächelns erhellte ihr Gesicht. Ferdinand sah konzentriert auf sein Handy. Er wirkte ziemlich erwachsen für seine siebzehn Jahre, mit dem perfekt gebügelten, weißen Hemd und der dunklen Aktentasche, nicht wie ein Schüler, sondern eher wie ein Geschäftsreisender.

»Helene«, sagte er zu seiner kleinen Schwester. »Bist du dir sicher, dass du mitfahren willst? Die Reise wird ziemlich lange dauern, weißt du. Und Papa wird sich Sorgen machen und traurig sein.«

»Ich glaube, er findet das gut.«

»Wenn wir nicht auftauchen, werden die von der Schule

Papa anrufen. Ich schätze mal, spätestens um zehn«, sagte Ferdinand.

»Und dann wird Papa uns anrufen«, meinte Helene.

»Er hat heute den Termin im Ministerium. Er hat mir eingebläut, dass wir ihn nicht stören dürfen«, jammerte Ferdinand.

»Ist euer Papa streng?«, fragte Carla.

»Na ja, streng … Er ist ziemlich bestimmt. Und er macht sich leicht Sorgen. Er ist Alleinerzieher«, sagte Ferdinand.

»Und was sagst du ihm, wenn er anruft?«

»Na ja … die Wahrheit?« Ganz so sicher war sich Ferdinand da auch nicht.

»Geht's noch?«, fuhr Eva ihn an. »Du sagst ihm, dass wir mit dem Schulbus ans Meer fahren, und was glaubst du, was er dann tun wird?«

»Fällt dir was Besseres ein?«, fragte Ferdinand.

»Lass mich doch«, sagte Eva.

»Was sagst du deinen Eltern?«, bohrte Ferdinand nach.

»Ich glaube nicht, dass meine Alten überhaupt merken, dass ich weg bin«, sagte Eva.

»Und was soll ich also sagen, deiner Meinung nach?«, fragte Ferdinand.

»Denk mal nach«, sagte Eva. »Wenn du ihm die Wahrheit sagst, haben wir sofort die Polizei auf den Fersen.«

»Stimmt wahrscheinlich.«

»Habt ihr keine Mutter?«

»Doch, aber die ist woanders. Die kümmert sich nicht um unsere Schule und so …«

»Dein Vater wird stolz sein, dass du auf deine kleine Schwester aufpasst«, sagte Carla.

»Ihr könnt wen brauchen, der auf euch alle aufpasst«, meinte Ferdinand und war stolz auf sich. Der Satz hätte von seinem Vater sein können.

»Mama, du solltest auch anrufen«, sagte Annika.

Carla hatte gedankenverloren aus dem Fenster geschaut.

»Was sagst du, mein Schatz?«

»In der Schule musst du anrufen und mich entschuldigen.«

»Wie recht du doch hast.«

»Du denkst immer nur an dich und nie an mich.«

»Es tut mir so leid. Ich ruf gleich an.«

12

Um sich die Zeit im Stau zu vertreiben, dachte Anton über seine Passagiere nach. Anton dachte oft über seine Passagiere nach, denn andere Menschen kannte er ja kaum. Vor allem an Carla dachte er viel ... Sie war mit ihm jahrelang zu all ihren Therapien ins städtische Krankenhaus gefahren. Sie hatte so ein hübsches Gesicht, sie strahlte richtiggehend, und es tat ihm weh, als er sich insgeheim die Frage stellte, ob sie den Sommer noch erleben würde. Und wie ihr Gesicht als totes Gesicht aussehen würde. Sie hatte die Krankheit nun schon drei oder vier Jahre, er kannte alle Phasen, von der Verzweiflung über den Siegeswillen, die Hoffnungen, die Rückschläge ... Und die kleine Annika, was würde aus der werden? Der Vater arbeitete als Pilot, der war meistens nicht zu Hause, das kleine Mädchen konnte doch nicht allein zurückbleiben?

An seine Familie dachte er selten. Also, an seiner Mutter kam er nicht vorbei, ein Wunder eigentlich, dass Mechthild noch nicht angerufen hatte. Sein Vater war nach der Scheidung weit weggezogen, was er ihm damals mit achtzehn verübelt hatte, heute aber verstand. Er fragte sich, wie er es überhaupt so lange mit Mechthild ausgehalten hatte. Leider war er selbst danach als zwar erwachsenes, aber doch Einzelkind komplett in die Fänge seiner Mutter geraten. Sie war keine Helikoptermutter, wie man heute sagen würde, sondern eher eine Gefängniswärterin. In ihrer Selbstwahrnehmung war sie das Opfer, das alle Last und alle Sorgen der Welt auf ihren Schultern tragen musste. Mit Opfern, die eigentlich Täter sind, hat man es ziemlich schwer im Leben.

Eine WhatsApp von Doris. Anton las: »Ich brauche noch ein bisschen Zeit, aber keinen Abstand. Du mit deinem Bus solltest den richtigen Abstand einhalten. Bussi, Doris.«

Typisch Doris. Keine Mitteilung ohne kleinen Scherz. Anton antwortete nicht, sondern nahm die Worte »ein bisschen Zeit« und »Abstand« einfach so hin. Im Vermeiden von Konfrontationen war er von seiner Mutter ein Leben lang ganz gut trainiert worden.

Dabei war alles so schön gewesen, damals … damals, als noch alles gut war. Anton konnte wieder einmal nicht einschlafen. Der Vollmond erhellte die laue Nacht. Vollmond war immer ganz schlecht zum Schlafen. Auf eine warme Milch mit Honig hatte Anton so gar keine Lust, also setzte er sich mit einem Glas Himbeersaft auf den Balkon.

Wegen der verabredeten Lichtzeichen hatte Anton ein Feuerzeug auf dem Holztischchen deponiert, aber bei Doris war alles dunkel, und so machte er sich keine Hoffnungen, sie zu sehen.

Im Haus gegenüber ging das Licht an. Antons Herz begann unruhig zu schlagen … Doris ging durch ihr Wohnzimmer. Sie trug einen kurzen Pyjama und sah darin so hinreißend mädchenhaft und andererseits so umwerfend weiblich aus, dass Anton unwillkürlich seufzte. Ihre Haare waren ein wenig durcheinander, und die Anmut, mit der sie sie aus dem Gesicht strich, fand Anton unnachahmlich. Das Licht ging wieder aus. Gleich darauf hörte Anton die Balkontür quietschen. O süßes Geräusch! Eine Zigarette glimmte auf.

Soll ich?, fragte sich Anton. Er fand es plötzlich reichlich kindisch, sich unter erwachsenen Menschen Lichtzeichen wie beim Indianerspielen zu geben. Und was, wenn sie nicht antworten würde? Ihn vielleicht sogar auslachte? Das konnte er unmöglich riskieren. Aber andererseits … war es nicht egal?

Mit heftig pochendem Herzen griff Anton nach seinem Feuerzeug. Die Flamme loderte hell auf. Er hielt den Arm geradeaus, still, ernst, fragend, bang.

Er hörte Doris glucksen. Nein, sie lachte ihn nicht aus, sie hatte gegluckst, fröhlich, freundlich, wie sie eben war … und dann ging ihr Feuerzeug an, und die Flamme bewegte sich … Was war das, waren das Kreise? Ein großer Kreis? Ein Herz??!!

Antons Herz wollte ihm aus dem Hals springen. Ich bin so ein großer, starker Mann, dachte er, und jetzt erleide ich hier wegen einer Feuerzeugflamme einen Infarkt?

Er bewegte nun seine Flamme ebenso … von links unten

hinauf, dann wieder ein wenig hinunter, hinauf, den Herzkreis schließend … Doris kicherte und wiederholte das Zeichen, und dann wieder Anton und dann wieder Doris. Die Zigarette erlosch.

»Träum süß«, hauchte es durch die Nacht. Und schon quietschte die Balkontür, bevor Anton noch irgendetwas darauf antworten konnte.

Doris, die wunderbare, wunderschöne Doris hatte ihm Lichtzeichen gegeben! Doris hatte ihm süße Träume gewünscht!

An diesem Abend sank Anton mit einem seligen Lächeln ins Bett und schlief sofort ein.

Am nächsten Morgen sah er im Badezimmerspiegel, dass er das Lächeln noch immer im Gesicht trug.

13

»Wie lange werden wir ungefähr brauchen?«, fragte Carla.

»Ich weiß nicht«, antwortete Anton. »Ich habe in diesem Bus kein Navi, und ich kann nur ahnen, wo dieses …«

»San Marco … bei Duino …«

»Und du bist echt dort aufgewachsen?«

»In einer Bucht direkt am Meer. Das war meine Bucht. Es gibt einen kleinen Sandstrand und Pinien und Felsen, und hinter der Bucht, auf einem kleinen Hügel, wurde der älteste Dinosaurier Italiens gefunden. Na ja, seine Knochen jedenfalls.«

Immerhin, der Stau war vorbei. Anton fuhr auf die Autobahn auf.

Ferdinand stand auf und ging nach vorne. Er hielt Carla das Handy hin.

»Sehen Sie, so sieht es dort aus.«

»Sag doch du zu mir.«

»Das muss die Bucht sein.«

»Das ist die Bucht.«

»Das sieht wunderschön aus.«

Ferdinand wandte sich an Anton. »Salzburg, Tauernautobahn, Tarvisio und Udine sind die nächsten Stationen. Laut Navi sind wir in fünf Stunden dort.«

»Mit dem Auto vielleicht«, sagte Anton. »Der alte Bus hier fährt neunzig, wenn es keinen Gegenwind gibt. Jetzt sind wir schon eine Minute auf der Autobahn, und wir haben die neunzig noch nicht erreicht. So viel nur zum Thema Beschleunigung. Und bitte setz dich wieder hin.«

»Ich wollte nur helfen.«

»Du hast sehr geholfen, Ferdinand«, sagte Anton.

Er sah auf die Tankuhr. Der Tank war noch halbvoll. Zweihundertfünfzig Liter, gute hundert übrig, Verbrauch etwa fünfunddreißig Liter … die Reserven reichten sicher nicht aus, um ans Meer zu kommen. Es wäre gut, jetzt noch vollzutanken, bevor das Verschwinden des Busses auffallen würde. Oder war es längst aufgefallen?

Ein Streifenwagen überholte den Bus. Üblicherweise waren Polizisten und Busfahrer keine Feinde, denn beide trugen in ihrer Weise zur öffentlichen Ordnung bei, und so machten sie einander keine Probleme. Doch ein Linienbus auf der Autobahn, das war eher ungewöhnlich.

Der Polizist auf dem Beifahrersitz sah zu Anton hinauf und musterte ihn. Er winkte mit einer kleinen Handbewegung, und Anton winkte lässig zurück. Das Polizeiauto zog vorbei.

Auch zahlreiche Lastwagen überholten Antons Bus. Auf Augenhöhe sah er hinüber zu den Lenkern und war ziemlich erschüttert über die diversen Beschäftigungen der Fernfahrer. Genau genommen gab es keinen einzigen, der einfach nur lenkte und auf den Verkehr achtete. Der eine sah fern, der andere las Zeitung, ein Dritter spielte auf seinem Handy herum. Anton wunderte sich, dass es nicht viel mehr Unfälle gab.

Annika tippte Anton an die Schulter.

»Sind wir bald da-a?«, fragte sie.

»Es wird noch ein bisschen dauern«, antwortete Anton.

»Weißt du was?«, fragte Annika.

»Was denn?«, sagte Anton.

»Dass du dich bestimmt nicht trauen wirst … das hab ich nur gesagt, um dich zu ärgern. Ich habe gewusst, dass du kein Feigling bist.«

14

Verkehrsstillstand. Warum bloß?! Doris hupte. Das nützte nichts. Stillgestanden. Stille. Stillen. Wenn sie aufgeregt war, neigte Doris zu ziemlich chaotischen Gedankenkombinationen. »Gestillt«, was für ein merkwürdiges Wort, dachte sie jetzt. Säuglinge werden gestillt. Damit sie still sind? Aber wie wird dann Sehnsucht gestillt? Sehnsucht! Was für ein Wort! Wie kann man bloß süchtig sein nach Sehnen? Und warum antwortete Anton nicht auf ihre Mitteilungen? Sie sah auf ihr Handy. Gelesen hatte er sie. Online war er nicht. Sollte sie ihn anrufen? Sollte sie ihm noch einmal schreiben? Diese Unruhe, diese schreckliche Unruhe! Sie musste ihm erst näherkommen, in jeder Hinsicht näher.

Und weiter Stillstand.

15

»Ich denke, wir haben ein ziemlich großes Problem«, sagte Ferdinand.

»Du solltest aus Sicherheitsgründen wirklich nicht hier herumstehen«, brummte Anton.

»Da ist eine alte Frau hinten im Bus. Ich glaube, die hat auf den Sitzen geschlafen. Jetzt ist sie gerade aufgewacht.«

»O nein«, sagte Anton. Er sah in den Rückspiegel. »Frau Prenosil.«

»Ich weiß nicht, wie sie heißt«, sagte Ferdinand. »Ich weiß nur, dass sie ziemlich stinkt.«

Anton seufzte. Er nannte Frau Prenosil gerne Frau Präsenil, was aber nicht nur ziemlich respektlos war, sondern auch falsch, denn Frau Prenosil war ganz senil, um nicht zu sagen dement.

»Auch das noch«, sagte Ferdinand. »Ich werde noch irre in diesem Bus! Ich hätte genau jetzt meine Englisch-Schularbeit, aber wir sitzen in diesem Scheißbus mit einer stinkenden alten Frau! Ohne Klimaanlage! Das darf doch alles nicht wahr sein.«

»Man könnte ja mal mit der Frau reden, statt über sie zu lästern«, sagte Carla.

»Na dann geh eben und rede mit ihr«, sagte Ferdinand missmutig.

»Ich kann nicht mehr gehen, leider«, antwortete Carla.

»Tut mir leid, hatte ich vergessen«, sagte Ferdinand.

»Ich rede mit ihr«, sagte Eva. »Ich kenne sie, sie fährt oft mit. Ich finde sie wahnsinnig witzig.«

»Witzig?«, fragte Anton. »Die redet doch nur Unsinn!«

»Sie redet viel weniger Unsinn als viele hier im Bus«, gab Eva zurück.

Und so setzte sich die dunkle, düstere Eva neben Frau Prenosil, die aufgeregt und verwirrt aus dem Fenster sah, weil sie ihre gewohnte Umgebung nicht wiedererkannte.

»Ich muss jetzt aber wirklich heim zu meinen Kindern, kochen«, sagte Frau Prenosil. »Ich habe drei Mädchen, und noch drei Mädeln habe ich auch.«

Alle im Ort wussten, dass Frau Prenosil dement war. Immerhin, mit den vielen kleinen Helferinnen und Helfern gelang es, dass sie nach wie vor in ihrer Wohnung leben konnte. Das war der Vorteil eines kleinen Ortes: Es gab doch noch so etwas wie Zusammenhalt. Nur Evas Eltern machten sich nichts aus der Dorfgemeinschaft. Sie wohnten abseits in einer prunkvollen Villa, die von einem blickdichten Zaun gegen den Rest der Welt abgeschottet war, und mieden den Kontakt zu den »gewöhnlichen« Leuten.

Eva wusste, dass Frau Prenosil keine Kinder hatte, das wussten alle. Die meisten erklärten ihr das dann auch, lang und breit, lieferten ihr Beweise, dass sie keine Kinder hatte, dass sie gar keine Kinder haben konnte, was Frau Prenosil meistens noch verzweifelter und verwirrter machte. Eva lebte in der tiefen Überzeugung, dass Realität ohnehin nichts anderes war als eine Frage der Interpretation. Ihre Eltern zum Beispiel lebten in einer anderen Welt als sie. Für Eva war das Leben ihrer Eltern weitgehend sinnbefreit. Während ihr Vater eine Geschäftsreise nach der anderen absolvierte, immer in Begleitung seiner persönlichen Assistentin, lebte ihre Mutter von Psychopillen und Friseurbesuchen. Beim Friseur suchte sie menschliche Wärme, und auch der Prosecco, den sie dort schon vormittags eingeflößt bekam, tat das seine, ihre Laune ein wenig zu heben. Wahrscheinlich wusste sie auch, dass die persönliche Assistentin von Papa ein bisschen zu persönlich war, so blöd war Mama ja auch wieder nicht. Und wahrscheinlich wusste Papa auch, dass Mamas Schubladen voller Pillen und ihre Tage voller Frust waren. Aber das hinderte die beiden nicht daran, ihr Leben als toll und erfolgreich zu verkaufen, während sie das von Eva schrecklich fanden. »Am Abgrund« gehe sie, hatte Mama gesagt, ausgerechnet die. Und Papa hatte gesagt, er könne schwer offenen Auges zusehen, wie seine Tochter in eine Katastrophe laufe. Warum? Weil sie ein bisschen kiffte und lieber Musik hörte und Gitarre spielte und sang, als an der Handelsakademie Betriebswirtschaft und Rechnungswesen zu lernen. War nicht die Welt gerade dabei, an Betriebswirtschaft und Rechnungswesen zugrunde zu gehen? »Und wer soll dann die Firma übernehmen? Mein Lebenswerk?« Eva wurde ganz schlecht, wenn sie nur an dieses Wort dachte. »Lebenswerk«, das konnte Bob Dylan sagen, aber doch nicht ihr Vater.

Ja, so unterschiedlich konnte man die Realität wahrnehmen.

Und deshalb sagte Eva zu Frau Prenosil: »Deine Kinder

sind gut versorgt, Frau Prenosil. Du hast ja gestern viel für sie vorgekocht, und sie sind ja auch nicht mehr so klein.«

»Nein, klein sind sie nicht mehr«, murmelte Frau Prenosil. Dann sah sie lange aus dem Fenster, schüttelte den Kopf und sagte zu Eva: »Stell dir vor, jetzt habe ich doch glatt vergessen, was ich ihnen gekocht habe.«

Eva überlegte. Es musste irgendwie plausibel klingen. Was haben alte Leute früher so gekocht?

»Kartoffelgulasch«, sagte sie. »So mit Würsten drin.«

»Aber die Kleine mag keine Würste.«

»Sie muss sie ja nicht essen.«

»Das stimmt.«

Frau Prenosil nickte beruhigt und sah wieder beim Fenster hinaus. Wenn man ihr Lügen auftischte, konnte sie sich viel besser in der Wirklichkeit zurechtfinden. Vielleicht sollte Eva die Taktik bei ihren Alten auch öfter anwenden.

»Ich habe mich angemacht«, sagte Frau Prenosil. »Muss irgendwie beim Schlafen passiert sein. Ich möchte mir etwas Sauberes anziehen.«

»Okay«, sagte Eva. »Ich rede mit dem Fahrer.«

16

Allmählich fühlte Anton Missmut in sich aufkommen. Was machte er da bloß? Das war eine haarsträubend blöde Kurzschlusshandlung gewesen. Und jetzt brauchten sie noch einen Stopp wegen Frau Prenosil!

»Sollen wir jetzt shoppen gehen oder was?«, pflaumte er Eva an.

»O ja, shoppen«, riefen Helene und Annika. »Vielleicht gibt es da ein Tally Weijl! Und ein Claire's.«

Nur der Gedanke an Doris besänftigte Anton ein wenig. Die würde ihn unterstützen. Die würde ihn beruhigen und die Nerven bewahren. Also jetzt cool bleiben.

»Du solltest auch shoppen gehen«, sagte Ferdinand. »Deine Butterbrezeln sind aus, und wenn du unterzuckerst, wirst du unleidlich.«

Wo er recht hatte, der Junge, hatte er recht.

»Es wäre vielleicht überhaupt gut, einen großen Stopp zu machen«, sagte Ferdinand. »Ich meine, noch ist unser Verschwinden nicht aufgefallen. Irgendwann werden wir die Polizei am Hals haben, glaubst du nicht?«

»Und wenn schon«, sagte Anton. »Was machen wir denn? Nichts als einen Ausflug. Und zwar auf freiwilliger Basis.«

»Na ja«, meinte Ferdinand.

»Wenn wir jetzt tanken, schaffst du es dann mit dem Sprit bis ans Meer und wieder zurück?«, fragte Ferdinand.

Gute Frage, dachte Anton. Und es stimmte, er war bereits unterzuckert, diese Aufregungen, das verbrannte einfach wahnsinnig viel Substanz. Sonst hätte er sich ja die Frage längst selbst stellen können. Er überlegte und rechnete.

»Bis ans Meer kommen wir, wenn ich jetzt volltanke«, sagte er. »Wieder zurück sicher nicht.«

»Na dann machen wir diesen Stopp«, sagte Ferdinand. »Aber wo?«

»Bei der Raststätte natürlich, ich fahre jetzt sicher nicht in die Salzburger Altstadt«, brummte Anton. »Mädels, es wird leider kein echtes Powershopping werden.«

In diesem Augenblick läutete Antons Telefon.

17

Stau. Immer der Stau vor der Autobahn! Kein Wunder, dass alle aus diesem Kaff wegwollten, aber warum ging das eigentlich den ganzen Tag lang? Wer blieb denn überhaupt noch übrig? Im Stau sind alle gleich, dachte Doris entnervt, nur dass ihr Auto auch im Stillstand mehr Sprit verbrauchte als die zehn Wagen vor ihr gemeinsam.

Warten! Schon wieder warten! Doris fühlte sich allein. Seit ihrer Kindheit begleitete sie dieses Gefühl des Verlassenseins. Das hatte freilich nichts mit Einsamkeit zu tun. Doris fühlte sich manchmal auch verlassen, wenn sie nicht einsam war.

Woher dieses Gefühl stammte, wusste sie ziemlich gut: Ihr geliebter Vater war gestorben, als sie acht Jahre alt war. Vater, das war ihr Teddybär gewesen, so hatte sie ihn genannt, ihr großes Kuscheltier. Ihre Mutter hatte für Umarmungen, Zärtlichkeit, eigentlich für keine Art von Körperlichkeit etwas übrig. Ihr Vater dagegen hatte sie, kaum aus dem Büro heimgekommen, herumgetragen, hatte mit ihr gespielt und gealbert, sie geküsst und ihr vor dem Einschlafen den Kopf gestreichelt, ganz lange, bis sie endlich schlafen konnte. Sie konnte sich genau an seinen Geruch erinnern, ein bisschen Zigarettenrauch, und Rasierwasser war auch dabei, Eau Sauvage hieß das, jahrelang hatte sie als Teenager die Flasche mit den Resten aufgehoben, um daran zu schnuppern und dann ausgiebig zu weinen. Sie konnte sich auch genau an das Gefühl erinnern, wenn sie sich an ihn kuschelte, beim Fernsehen zum Beispiel, wenn sie beide auf dem Sofa lagen. Papas weicher dicker Bauch wölbte sich unter ihrem, und leicht bergab kam ihr Kopf auf seiner Brust zu liegen, da gab es eine kleine Mulde, da passte das Ohr genau hinein, und wenn sie sich genau in dieser Mulde eingerichtet hatte und Papa dann seinen Arm um sie gelegt hatte, dann war sie am besten, am wärmsten, am sichersten Ort der ganzen Welt.

Was hilft es, wenn man die Ursache eines Gefühls kennt? Nichts. Doris fühlte sich trotzdem verlassen. Die größte Angst in ihrem Leben war, von ihren Lieblingen verlassen zu werden, und folgerichtig wurde sie verlassen, erbarmungslos, Jahr für Jahr. Ihr boshafter großer Bruder hatte ihre Lieblingspuppe zerstückelt. Bald darauf wurde Doris von ihrem Goldhamster verlassen. Das heißt, sie hatte ihn in ihrem Bett schlafen lassen und in der Nacht selbst erdrückt, was das Verlassenwerden um nichts besser machte.

Ab dem zarten Alter von vierzehn hatte Doris Freunde. Diese Freunde waren, den Grund kannte sie ja, die Psychologie war in dem Fall mehr als einfach, immer um mindestens zehn Jahre älter als sie. Ja, manchmal waren sie auch so alt, dass sie ihr Vater hätten sein können. Der erste Freund verließ sie, nachdem er sich genug an ihrem jungen Körper delektiert hatte. Der zweite verließ sie, weil sie zu anstrengend war. Der dritte kehrte reumütig zu seiner Frau zurück. Nach einer längeren Pause waren dann die visuellen Berufe gekommen … der Maler … der Fotograf … der Grafiker …

Danach versuchte Doris ihre Sehnsucht nach Geborgenheit durch die Lektüre von Liebesromanen zu stillen. Wenn man sich erst mal gar nicht verliebt und bindet, dann muss man auch keine Angst haben, verlassen zu werden. Bücher waren treue Freunde, man konnte sie in der Hand halten, man konnte mit ihnen reden, man konnte mit ihnen ins Bett gehen. Ihr Wohnzimmer war für Doris der sicherste Platz der Welt, jedes Regal ging über vor lauter Büchern.

Aber jetzt stand sie im Stau, und Buch hatte sie keines dabei.

18

Normalerweise darf man ja als Autofahrer nicht ohne Freisprechanlage telefonieren, und als Busfahrer schon gar nicht. Aber in diesem Fall konnte Anton weder seine Kopfhörer aktivieren, noch den Anruf ignorieren. Er hatte der Anruferin den Atom-Alarm-Klingelton zugeordnet: Alarmstufe rot. Mechthild!

Natürlich, es war halb neun, normalerweise die Zeit seiner ersten Pause und des ersten Anrufs seiner Mutter. Dem ersten Anruf folgte im Abstand von wenigen Minuten ein zweiter, meist, weil Mama etwas wiederholen wollte, was sie freilich schon beim ersten Anruf gefühlte hundertmal wiederholt hatte.

Wie jeden Tag überlegte Anton, ob er wirklich rangehen sollte. Lust dazu hatte er nie, aber unterm Strich war es die einfachste Lösung. Ging er nicht gleich ran, rief seine Mutter Sekunden später noch einmal an und dann noch ein drittes Mal. Ging er dreimal nicht ran, sprach sie auf seine Mobilbox, mit ersterbender, sorgenerstickter Stimme: »Die Mama.« Kurz darauf rief sie nochmal an, diesmal schrie sie auf die Mobilbox, mit allen Registern der Panik in der

Stimme. »Wo bist du?! Ich mach mir solche Sorgen um dich! Bitte ruf mich sofort zurück.«

Und dann musste er wohl zurückrufen, oder nicht? Eigentlich musste er nicht, das wusste Anton, aber das brachte er wiederum nicht übers Herz. Bevor er also nach fünf Anrufen und zwei neuen Nachrichten auf der Mobilbox dann ohnehin mit seiner Mutter telefonieren würde, drückte er lieber gleich auf »Annehmen«.

»Mama.«

»Ja, Anton, ich fühle mich heute irgendwie nicht gut«, seufzte Mechthild, »aber mach dir keine Sorgen. Es wird schon irgendwie gehen. Ist dir heute auch so schwindlig?«

Als Antwort auf diese Frage boten sich zwei Möglichkeiten an: »Ja«, das bedeutete Föhnwetter, Sturm, Kälte, Hitze, einen guten Grund, dass einem schwindlig war, auf jeden Fall bedeutete »Ja« Mitgefühl und Solidarität. »Nein« bedeutete, mir geht es sehr gut, nur du bist alt und hinfällig, und wahrscheinlich steht der Tod schon hinter dir. Wenn Anton »nein« antwortete, zog das freilich eine weitere Jammer-Suada nach sich, also entschied er sich meistens anders.

»Ja, mir ist auch schwindlig.«

»Das muss dieses Föhnwetter sein«, stöhnte Mechthild. »Es ist wirklich unerträglich. Aber bist du dir sicher, dass du fahrtüchtig bist, wenn dir schwindlig ist? Ist dir übel? Ich meine, du solltest unbedingt zum Doktor gehen, bevor noch ein Unglück passiert. Du hast schließlich Verantwortung für deine Fahrgäste. Wird dir schwarz vor Augen? Du weißt, dass Schwindel ein Vorbote von Herzinfarkt und Schlaganfall ist! Und du bist genau in dem Alter! Und übergewichtig! Die meisten Herzinfarkte bekommen übergewichtige Männer ab vierzig Jahren, das ist dir schon klar, oder? Also bitte, pass auf dich auf!«

»Ja, Mama.«

»Weißt du, ich habe keine Ahnung, was ich heute zu Mittag essen soll. Die Anni kann mir heute erst am Nachmittag etwas bringen … aber mach dir keine Sorgen deshalb, ich habe den Krieg erlebt, ich verhungere nicht so schnell.«

»Du hast genau genommen die letzte Kriegswoche als Säugling erlebt.«

»Sag ich ja. Ich verhungere nicht so schnell. Natürlich, wie du noch hier gewohnt hast, war es leichter. Du hast eingekauft, und ich habe dir was gekocht, da hatten wir ja beide was davon, eine richtige Dings war das, eine … wie sagt man?«

»Eine Symbiose, Mama.«

»Siehst du, du sagst es ja selbst, es war eine Symbiose. Du hast auf mich aufgepasst, ich habe dich umsorgt, und du hast es doch gerne gemacht? Anton? Du hast es doch gerne gemacht?!«

»Teilweise ja, Mama, teilweise … Weißt du, ich kann jetzt nicht, ich fahre.«

»Du fährst?! Warum fährst du jetzt?!«

»Es hat sich im Fahrplan etwas verschoben. Mama, bitte, ich kann jetzt nicht. Küsschen.«

Anton drückte Mechthild weg.

»In zehn Kilometern gibt es eine Raststätte«, sagte Ferdinand.

»Danke«, sagte Anton.

Atom-Alarm!

»Ja, Mama?«

»Da stimmt etwas nicht, dass du fährst, jetzt, das ist absolut abnormal. Versprich mir, dass du keinen Blödsinn machst!«

»Das erste Mal in meinem Leben mache ich vielleicht keinen Blödsinn«, antwortete Anton.

»Du brauchst gar nicht so schnippisch zu sein«, keppelte Mechthild. »Wann ist deine Pause? Versprich mir, dass du dich gleich meldest, wenn du Pause hast, ich sterbe sonst vor Angst. Das wollte ich dir nur sagen. Küsschen.«

»Küsschen.«

»Und du machst auch nichts Gefährliches?«

»Aber sicher nicht.«

»Du weißt, dass heute Donnerstag ist?«

»Ich werde trotzdem nicht zum Abendessen da sein.«

»Anton!«

»Und morgen auch nicht, denn da werde ich wahrscheinlich im Gefängnis sein. Küsschen.«

Anton drückte den roten Knopf, und das Gespräch war endlich beendet.

»Es gibt eine Tankstelle, ein Restaurant und einen Supermarkt«, sagte Ferdinand.

»Gibt es auch etwas für Mode?«, fragte Helene. »Ich brauche ziemlich dringend einen neuen Pullover.«

Mechthild, blinkte das Display. Mechthild! Mechthild!

»Ja, Mama?«

»Mach nie wieder solche Witze über Gefängnis oder so, und wegen dem Essen, wollte ich dir sagen, musst du dir wirklich keine Sorgen machen. Ich habe noch eine Packung Zwieback gefunden. Und jetzt höre ich auf. Du sollst nicht während der Fahrt telefonieren!«

»Danke, Mama.«

»Darf man eigentlich während der Fahrt telefonieren?«, fragte Annika. »Als Fahrer?«

»Normalerweise nicht«, sagte Anton. »Aber manchmal ist es unumgänglich.«

19

Anton sah sich genau um, als er den Bus an der Lkw-Zapfsäule parkte. Wurden sie bereits verfolgt? Offensichtlich nicht. Sollte er jetzt schon alle hinauslassen? Er musste dann noch parken und würde den ganzen Haufen unbeaufsichtigt lassen. Andererseits, er war ja kein Geiselnehmer, alle waren freiwillig mitgekommen. Na ja, fast alle. Frau Prenosil hatte einfach nicht mitbekommen, dass sie mitgekommen war. Ein Anruf von Doris. Anton hatte jetzt keine Zeit.

Er stand auf und drehte sich um.

»Ich tanke jetzt den Bus voll«, sagte Anton. »Danach parke ich ihn vorne auf dem Busparkplatz. So lange habt ihr alle Zeit, etwas einzukaufen und auf die Toilette zu gehen. Kauft genügend Wasser, die Fahrt könnte lang werden. Eva, du bist so lieb und kümmerst dich um Frau Prenosil. Ferdinand, du hilfst jetzt Carla mit dem Rollstuhl. Und du schaust auf deine kleine Schwester und auf Annika, solange ich nicht da bin. Auf diesen Raststätten wimmelt es nur so vor zwielichtigen Gestalten.«

Anton öffnete die Tür, trocken-warme Frühlingsluft mit einem Hauch von Reifengummi und Diesel strömte in das Innere des Busses.

Ferdinand trug Carlas Rollstuhl ins Freie, während Anton ihr half, aufzustehen. Wie dünn war dieser Mensch! Alle Kraft weggefressen von der Krankheit. Die Beine zerbrechlich wie Streichhölzer, die Arme aber aufgedunsen und verbunden, wund wahrscheinlich von der Behandlung, die einem dann den Rest des Lebenswillens zerstört. Ferdinand wusste nicht, wie man den Rollstuhl aufklappt. Anton lehnte Carla an den breitschultrigen Jungen und zeigte es ihm.

Kaum saß sie im Rollstuhl, lächelte Carla wieder.

»Darf ich den Tank zahlen?«, fragte Carla.

»Da hättest du dir gleich ein Taxi nehmen können«, antwortete Anton.

»Das habe ich versucht«, sagte Carla. »Ich habe beim Taxiunternehmen angerufen, aber die haben mich nicht ernst genommen.«

»Ich hab eine Karte vom Busunternehmen«, brummte Anton. »Der Tank geht aufs Haus.«

»Nicht, dass du entlassen wirst«, meinte Carla.

»Ich denke, das bin ich schon. Schaust du auf die Mädchen, Carla?«

»Klar.«

Helene und Annika waren ebenfalls ausgestiegen und machten sich mit Ferdinand und Carla auf den Weg zum Tankstellenshop.

»Frau Prenosil«, rief Anton in den Bus.

»Sie will nicht aussteigen«, sagte Eva.

»Sie sollte aber«, sagte Anton. »Schaffst du das, Eva, sie irgendwie umzuziehen? Ich kann ja schlecht mit ihr aufs Damenklo gehen. Ich bin mir sicher, es gibt hier Strümpfe oder Unterhosen oder wie das bei Frauen heißt.«

»Aber wenn sie nicht aussteigen will«, sagte Eva.

»Frau Prenosil«, sagte Anton streng. »Sie müssen jetzt aussteigen und auf die Toilette gehen!«

»Das ist hier nicht meine Station«, sagte Frau Prenosil. »Muss weiterfahren noch oder zurückfahren. Die Kinder warten ja auf mich!«

»Frau Prenosil, du musst einkaufen für die Kinder«, sagte Eva. »Die haben ja Hunger, die Kinder. Du musst was kochen.«

»Kochen, für die Kinder«, wiederholte Frau Prenosil.

»Genau«, bekräftigte Eva. »Hier können wir etwas einkaufen. Ich helfe dir.«

»Was kochen wir?«, fragte Frau Prenosil, während sie aufstand und Richtung Tür eilte.

»Ja, was kochen wir?«, fragte Eva und sah Anton hilfesuchend an.

»Schinken-Käse-Toast und vielleicht auch Pommes frites«, sagte Anton.

»Das passt überhaupt nicht zusammen«, tadelte Frau Prenosil. »Aber die Kinder mögen das. Meine Kinder. Ich habe fünf Kinder, drei Mädchen und noch drei Mädchen, die sind alle sehr hungrig.«

Sie stiegen aus und liefen Richtung Shop. Wenn Frau Prenosil unterwegs war, dann meistens ziemlich schnell.

Antons Telefon läutete. Doris. Er hatte jetzt keine Zeit. Und er wollte sie nicht anlügen, war sich aber sicher, dass sie versuchen würde, ihm sein Vorhaben auszureden. Anton tankte den Bus voll und zahlte gleich an der Zapfsäule mit der Karte, die er dafür vom Busunternehmen bekommen hatte. Danach fuhr er zum Parkplatz und stellte den Bus in einem der dafür vorgesehenen Plätze ab. Seufzend schloss sich die Tür. Seufzend machte sich Anton auf den Weg zum Shop.

20

»Ich hätte bitte gerne zehn Butterbrezeln«, sagte Anton.

»Zehn?«, fragte die Verkäuferin.

»Zehn«, bestätigte Anton.

»Wird ein bisschen dauern«, sagte die Verkäuferin.

Anton füllte inzwischen seinen Einkaufskorb mit zahlreichen Flaschen, Wasser, Cola und Almdudler. Er kaufte eine Großpackung Knackwürste, ein Kilo Brot, ein großes Stück Käse … Schokolade durfte auch nicht fehlen, im Notfall ein wertvoller Energielieferant.

Helene und Annika kreuzten seinen Weg. Shoppen, da waren die beiden in ihrem Element. Die Enttäuschung, dass die Auswahl an Kleidungsstücken sich als äußerst begrenzt erwies, wurde durch ein reichhaltiges Angebot an Kaugummi, Schleckern und Gummischlangen in allen Farben wettgemacht. Außer Gummizeug enthielt ihr Einkaufskorb auch noch eine kleine Flasche Wasser sowie Karotten und einen Salat.

»Ein tolles Menü«, sagte Anton. »Salat mit Gummischlange.«

»Wir brauchen ja auch etwas Gesundes«, sagte Annika.

»Vielleicht solltet ihr ein bisschen mehr Wasser mitnehmen«, meinte Anton.

»Stimmt«, sagte Helene.

»Toll«, freute sich Anton, »du gibst mir recht!«

»Keine Sorge, das wird nicht zur Gewohnheit werden«, antwortete Helene schnippisch.

Carla tauchte auf, sie kam von der Toilette.

»Ich glaube, Eva hat das mit Frau Prenosil ziemlich gut hinbekommen«, sagte sie. »Ich konnte zum Glück ein bisschen helfen.«

Sie rollte zum Stapel mit den Einkaufskörben und legte sich einen auf den Schoß. Sie kaufte Wasser, Traubenzucker, Bananen, Äpfel und Müsliriegel. »Das ist mehr für die Kinder, so für zwischendurch«, sagte sie, als sie Antons skeptischen Blick bemerkte. »Ich selbst bringe ja kaum was runter.«

»Du musst auch bei Kräften bleiben«, sagte Anton.

»Alles, was ich esse, frisst sowieso wer anderer auf«, sagte Carla.

»Verhungern ist keine Alternative«, meinte Anton.

»Bis zum Meer werde ich schon durchhalten. Wir sollten schauen, dass wir weiterkommen.«

»Hast recht«, sagte Anton, holte seine Butterbrezeln ab und stellte sich an der Kasse an. »Wo ist eigentlich Ferdinand?«

»Der hat schon eingekauft«, antwortete Helene. »Jetzt ist er zum Pifä rübergegangen und trinkt einen Kaffee.«

»Zum was?«, fragte Anton.

»Pifä.«

»Buffet heißt das.«

»Sag ich ja.«

»Ich könnte auch noch einen Kaffee vertragen.«

»Ich glaube, Ferdinand raucht.«

»Er raucht? Das ist aber wirklich blöd«, sagte Anton.

»Finde ich auch«, sagte Helene.

»Ich habe nie geraucht«, sagte Carla.

Als sie alle gezahlt und ihre Einkäufe verstaut hatten, tauchte Eva auf. Sie hatte sich die Ringe unter den Augen frisch geschwärzt und sah ziemlich angeekelt aus, wohl mehr wegen Frau Prenosils Unterwäsche als wegen der Welt im Allgemeinen.

»Wo ist Frau Prenosil?«, fragte sie.

»Hier ist sie nicht«, sagte Anton.

»Sie ist auch nicht hier vorbeigekommen.«

»O Mann, ich krieg die Krise«, sagte Eva. »Ich habe ihr gesagt, geh in den Shop, dort sind die anderen.«

»Ich habe dir doch gesagt, du sollst sie nicht aus den Augen lassen«, sagte Anton.

»Dann hättest du sie eben selbst geputzt!«, gab Eva zurück. »War nicht so toll, wie du vielleicht glaubst.«

Anton wollte etwas erwidern, aber Helene fiel ihm ins Wort.

»Wir sollten nicht streiten, sondern Suchtrupps bilden«, sagte sie. »So macht man das nämlich, wenn jemand verschwindet.«

»Ihr Mädchen bleibt bei Carla«, sagte Anton. »Weil das fehlt mir noch, dass ihr auch verschwindet. Geht schon zum Bus, vielleicht ist sie dort, er steht vorne am Busparkplatz. Eva, du siehst noch einmal auf der Toilette nach, vielleicht hat sie sich ja dort versteckt. Ich hole Ferdinand, und wir suchen den Parkplatz ab. Wir treffen uns beim Bus.«

Der Schnellste war Anton ja nicht, aber für seine Verhältnisse rannte er jetzt geradezu.

»Hast du Frau Prenosil gesehen?«, fragte er Ferdinand, der vor dem Tankstellenbuffet stand.

»Frau Prenosil ist weg?«

»Ja. Und Rauchen ist ziemlich dämlich, weißt du das? Ist sie hier vorbeigekommen?«

»Nein, sonst hätte ich sie ja aufgehalten. Wo ist Helene?«, fragte Ferdinand.

»Bei Carla.«

»Sicher?«

»Sicher. Du gehst rechts um das Gebäude, ich links.«

»Weit kann sie nicht sein«, sagte Ferdinand.

»Hoffentlich«, gab Anton zurück.

21

Eine Autolänge pro Minute … Es ist zum Aus-der-Haut-Fahren, wenn man im Auto sitzt und nicht fahren kann. Doris atmete durch. Umdrehen und die andere Stadtausfahrt nehmen? Nein, das hatte auch keinen Sinn. Das Radio schaltete sich plötzlich von selbst ein. Verkehrsfunk: Geräumt ist nun die Unfallstelle auf der Autobahnauffahrt … Der Stau löst sich auf … Der Zeitverlust beträgt immer noch dreißig Minuten …

Zeitverlust … Kann man denn Zeit überhaupt verlieren? Obwohl Doris den Eindruck hatte, die Zeit laufe ihr geradezu davon, war ihr doch klar, dass es eigentlich Anton war, der ihr davonlief. Ein Gedicht von Mascha Kaléko fiel ihr ein, da gab es eine Zeile, die hieß so ähnlich wie: »Die Zeit steht still. Wir sind es, die vergehen.« Genau dieses Gefühl hatte

Doris. Die Zeit stand still. Und wenn sie noch länger stillstand, dann würde sie tatsächlich vergehen, Doris nämlich, vergehen vor Ungeduld und Sorge.

Dabei konnte die Zeit auf so wundersame Weise langsam vergehen. Noch nie hatte Doris den Eindruck gehabt, jede Sekunde, jede Minute so auskosten zu können wie in den ersten paar Tagen, den ersten Wochen mit Anton. Da war zuerst der kleine Kuss gewesen ... den hatte sie ihm gegeben, ganz unschuldig, auf die Wange. Und doch war es nicht nur irgendein schneller Verabschiedungskuss gewesen, sondern eine bewusste Zärtlichkeit, mit einer kleinen, fast nur angedeuteten Umarmung, die aber die große, innige Umarmung schon in sich trug. Und dann die Lichtzeichen auf dem Balkon! Sie hatte laut kichern müssen, weil diese Feuerzeug-Lichtzeichen wahnsinnig albern und kindisch waren, aber gleichzeitig so wunderschön und romantisch. Und später hatten sie überlegt, ob man immer noch »miteinander gehen« sagte, oder ob das hoffnungslos altmodisch war. Doris hatte von einer jüngeren Kollegin in der Buchhandlung aufgeschnappt, dass man heutzutage »datet«, also wenn zwei ein Paar sind, dann »daten« sie. Das klang dann eigentlich schon mehr nach Kalender-Einteilungen als nach Zärtlichkeit ... die Zeit ... die alles bestimmende Zeit!

Und später dann ... ja später dann ... Sie hatte alles vermasselt! Wie hatte sie nur so blöd sein können? Ach, fahrt weiter! Bitte fahrt weiter!!

22

Zehn Minuten später trafen sie sich beim Bus wieder: Anton, Ferdinand, Eva, Helene, Annika und Carla. Nur eine fehlte.

»Wir können doch nicht einfach Frau Prenosil verlieren«, jammerte Annika, mit Tränen in den Augen.

»Man könnte auch sagen, ein Problem weniger«, sagte Ferdinand.

»Arschloch«, zischte Eva ihm zu.

»Er meint es nicht so«, sagte Helene.

»Was tun wir jetzt?«, fragte Carla. »Ich möchte daran erinnern, ich muss ans Meer.«

»Ach du mit deinem Meer«, sagte Anton. »Wir haben Frau Prenosil verloren. Und die ist ohne uns tatsächlich verloren.«

In der Ferne hupte ein Auto. Bald darauf noch eines, heftiger als das erste. Dann hörte man Bremsen quietschen und ein weiteres, langgezogenes Hupen.

»Frau Prenosil geht auf der Autobahn spazieren«, sagte Anton. »Los, alle in den Bus, schnell!«

Anton öffnete die Tür, zog seine Warnweste an, reichte Ferdinand, der Carla aus dem Rollstuhl half, eine zweite. Anton verfluchte den alten Dieselmotor, der zehn Sekunden zum Vorglühen brauchte. Hätte er es gekonnt mit dem schweren Gefährt, er wäre mit rauchenden Reifen losgerast. Doch der gelbe Bus setzte sich nur ruckelnd in Bewegung. Von null auf siebzig in einer Minute.

»Wenn ihr nur nichts passiert«, sagte Annika. Sie saß neben Helene in der ersten Reihe. Beide Mädchen hatten den Mund und die Augen weit aufgerissen.

»Da vorne«, rief Helene. »Da geht sie! Mitten auf der Autobahn.«

Anton brachte den Bus auf Höhe der verwirrten Frau auf dem Pannenstreifen zum Stehen.

»Du stellst dich hinter den Bus und warnst die Autofahrer mit Handzeichen«, rief Anton Ferdinand zu. »Aber geh nicht auf die Fahrbahn!«

Anton und Ferdinand sprangen aus dem Bus. Und während Ferdinand auf dem Pannenstreifen wild gestikulierte, versuchte Anton, Frau Prenosil einzufangen. Das war nicht ganz einfach, denn die alte Frau entwickelte eine erstaunliche Geschwindigkeit. Ein Lastwagen fuhr rechts an ihr vorbei, sie grüßte den Fahrer freundlich, fast huldvoll, und lief weiter.

»Frau Prenosil! Bitte! Kommen Sie zu mir!«

Ein Porsche raste links an Frau Prenosil vorbei, wild hupend. Jetzt hatte Anton die Frau fast erreicht. Er packte sie mit seinen kräftigen Armen, doch sie vollführte eine wilde Drehung, wie eine Tänzerin in Ekstase wirbelte sie über den Asphalt, und Anton stolperte ihr hinterher, er bekam ihren Arm zu fassen und zog sie gerade noch rechtzeitig zur Seite, bevor ein Lieferwagen sie gerammt hätte, doch sie riss sich abermals los und drehte sich Richtung Mittelstreifen, wohin sich auch Anton jetzt rettete. Nein, diesen entfesselten Derwisch einzufangen hatte keinen Sinn, er musste etwas anderes versuchen.

»Frau Prenosil! Kommen Sie! Sie müssen doch kochen, für die Kinder!«

Und bei diesem Zauberwort blieb sie plötzlich stehen, hielt inne und sah Anton verwundert an. Rechts rasten die

Autos vorbei. Jetzt nur keinen Fehler machen! Anton näherte sich ihr vorsichtig, dann umarmte er sie wie einen geliebten Schatz und trug sie auf den Pannenstreifen. Im selben Augenblick blieb ein schwarzer Audi neben ihnen stehen. Hinter der Windschutzscheibe rotierte das Blaulicht.

23

Das Warten … das Warten ist das Mühsamste. Warum muss ich schon wieder warten?, fragte sich Doris. Stau und kein Ende. Dabei ist ja Warten eigentlich etwas ganz Normales. Andererseits etwas ganz Sinnloses. Im Prinzip kommen wir auf die Welt, und damit beginnt das Warten. Wir warten zuerst darauf, dass wir abgenabelt werden, dann auf den ersten Schluck Muttermilch, dann darauf, dass wir endlich allein gehen können. Danach warten wir auf die Schule. Nach zwei Tagen Schule warten wir darauf, dass die Schulzeit endlich und für immer vorbei ist. Zwischenzeitlich warten wir auf den ersten Kuss. Immer warten wir auf schöneres Wetter. Wir warten auf den Zug, auf den Rauchfangkehrer und im Zahnarztwartezimmer. Wir warten hoffnungsfroh auf bessere Zeiten, und wir warten bange auf das Ende der besseren Zeiten. Wir warten auf höheren Lohn, auf die Lottomillion, auf die Pension und auf den *Tatort* am Sonntag. Wir warten nächtelang, dass der Schlaf kommt. Wir warten auf die Pizza, auf das Bier, und letztendlich warten wir auf den Tod. Na ja, auf den Tod warten wir vielleicht nicht, aber er erwartet uns.

Nur das Warten auf Anton, das Warten auf Anton fand

Doris manchmal mühsam, besonders in der ersten Zeit ihres Zusammenseins. Und so lang war es ja nicht gewesen, ihr Zusammensein, gerade einmal drei Wochen! Was sollte da das bisschen Warten schon ausmachen? Sie wusste immer, wo er war. Sie konnte ihm WhatsApp schreiben, und wenn er eine kleine Pause hatte, antwortete er sofort. Sie wusste auch, er würde pünktlich nach Hause kommen, entweder um 16.00 Uhr oder an den langen Tagen um 19.00 Uhr. Und es war ja absolut nicht so, dass sie nichts zu tun gehabt hätte, ganz im Gegenteil, oft ging sie regelrecht unter in Arbeit, aber die *Social Media* für ein Unternehmen zu betreuen ist wahrscheinlich die einsamste Arbeit der Welt. Es heißt zwar *Social Media,* aber das einzig Soziale daran ist der Name. Menschen sieht man dabei nie, riecht sie nicht, hört sie nicht, spricht nicht mit ihnen, denn *Social Media* gibt es ja in erster Linie, um soziale Kontakte zu vermeiden.

Anton hatte sich von ihr gerne die »Finde mich!«-App installieren lassen. Seinen Standort hatte er sowieso freigegeben. Mit Handys kannte sich Anton nicht aus. Das kleine Ding wirkte wie ein Fremdkörper in seiner mächtigen Pranke. »Es tröstet mich, wenn ich immer sehen kann, wo du bist«, hatte Doris gesagt, und das stimmte auch. Nein, sie wollte Anton nicht überwachen, und eifersüchtig war sie auch nicht, aber zu wissen, wo er sich aufhielt, gab ihr ein Gefühl von Nähe.

Jetzt aber sah sie, dass er sich entfernte, während sie – wartete.

24

Und immer noch ähnelte es einem Tanz, was Anton und Frau Prenosil auf dem gefährlichen Parkett des Pannenstreifens vollführten. Die Hupen töteten einen etwas schrägen Rhythmus vor, und das Blaulicht hinter der Windschutzscheibe des schwarzen Audi steuerte ein surreales Blinken bei, das freilich im milchigen Licht der Vormittagssonne verschwamm. Ein Schritt vor, ein Schritt zurück, eine Drehung, eine feste Umklammerung, fast wie ein Liebespaar, das nach Wochen endlich wieder zusammengefunden hat.

»Guter Mann, das ist sehr leichtsinnig«, sagte der erste Polizist, der aus dem Wagen sprang. Der zweite lief hinter den Bus, um Ferdinand von der Fahrbahn zu fischen.

»Guter Mann« hatte der Zivilpolizist gesagt, der sich nun seine Kappe aufsetzte, die zu seiner Jeans und seinem blauen Hemd reichlich unpassend wirkte. »Guter Mann«, das hört sich schon mal nicht schlecht an, dachte Anton.

»Ein Notfall«, sagte Anton, und dann erzählte er dem etwas ungeduldig wirkenden Beamten eine lange Geschichte von einem Stopp bei der Raststation und von dieser etwas verwirrten Frau, die aber zu ihrer Reisegruppe gehörte, und die sich auf die Fahrbahn verirrt hatte, weil sie eigentlich für ihre Kinder kochen musste …

Seit wann man denn mit Linienbussen auf Reisen fahre, wollte der Polizist wissen, aber Anton beteuerte, dass es sich eigentlich nicht mehr um einen Linienbus handle, sondern um eine außertourliche Fahrt. Und zwar nach Salzburg. Zum Adventmarkt, hätte Anton, etwas übereifrig, fast hinzugefügt, aber Adventmarkt Mitte Mai, da wäre dann wohl der

Alkotest unvermeidlich gewesen, doch zum Glück fiel ihm stattdessen das Wort »Felsenreitschule« ein, die stellte auch eine touristische und durchaus plausible Attraktion dar.

»Fahrzeug sichern, Kollege?«, fragte der zweite Polizist, der Ferdinand bereits zurück in den Bus geschickt hatte.

Doch der angesprochene Kollege winkte ab. Ganz bestimmt machte es mehr Spaß, mit dem schnittigen Auto Raser zu verfolgen, als die Personalien eines biederen Busfahrers und einer verwirrten Frau festzustellen, gerade Letzteres konnte unendlich mühsam werden, und wenn man erst einmal damit angefangen hat, darf man nicht mehr aufhören.

»Die einzige Gefahr im Verzug ist der Bus auf dem Pannenstreifen«, stellte der erste Polizist in tadellosem Amtsdeutsch fest und wandte sich an Anton: »Bitte verlassen Sie so schnell wie möglich den Pannenstreifen. Wir sichern Sie beim Hinausfahren. Gute Fahrt und bitte keine solchen Extratouren mehr.«

»Auf keinen Fall«, antwortete Anton. »Danke sehr für alles.« Und Frau Prenosil flüsterte er ins Ohr: »Und jetzt bitte schnell in den Bus zurück, wir müssen einkaufen fahren, für die Kinder.«

Er hakte sich bei ihr unter, winkte den Polizisten jovial zu und zerrte die alte Frau in den Bus.

Anton schloss die Türen.

»Alle ordentlich hinsetzen!«, befahl er. »Eva, bitte kümmere dich um Frau Presenil.«

»Ich mag nicht, wenn du Frau Presenil zu ihr sagst«, gab Eva zurück.

Eva drückte Frau Prenosil vorsichtig an sich. Sie hatte solche Angst um sie gehabt. Eva mochte alte Leute, viel lieber als junge. Ihre Oma hatte ihr Palatschinken gemacht, wenn Papa auf Geschäftsreise und Mama auf Wellnesskur war. Oma hatte Tee gekocht und Wärmeflaschen gerichtet, wenn Eva krank war. Oma hatte ihr Haar gebürstet, ihr einen Kuss auf die Stirn gedrückt und immer ein Lächeln geschenkt. Als ihre Großmutter vor zwei Jahren gestorben war, hatte sich Eva sehr allein auf der Welt gefühlt, und dieses Gefühl machte keinerlei Anstalten, schwächer zu werden.

Der Audi vor dem Bus setzte sich langsam in Bewegung. Der Beifahrer hielt eine Kelle aus dem Fenster und winkte Anton, dem Auto zu folgen. Sie fuhren fast einen Kilometer auf dem Pannenstreifen, bevor Antons alter Bus eine halbwegs autobahntaugliche Geschwindigkeit erreicht hatte. Der Audi wechselte auf die linke Spur, der Beifahrer winkte Anton, es mit dem Bus ebenso zu machen, und als er das endlich geschafft hatte, zog das schwarze Gefährt davon und verschwand sehr schnell am Horizont.

Anton atmete auf.

Sein Handy piepste. Anton sah auf das Display.

Fünf verpasste Anrufe. Zwei neue Mitteilungen auf der Mobilbox. Mechthild.

Erste Nachricht: »Ja, ich wollte dich nur fragen, glaubst du, ist das gesundheitsschädlich, wenn ich einen Zwieback esse, der vor acht Jahren abgelaufen ist?«

Zweite Nachricht: »Bitte melde dich. Ich bin halbtot vor Sorge.«

Anton wandte sich an Helene, die neben Annika in der ersten Reihe saß.

»Ich hab Hunger«, sagte er. »Kannst du mir bitte eine von den Butterbrezeln geben?«

»War wohl ein anstrengendes Tänzchen da draußen«, sagte Helene. »Hier. Ich geb dir gleich zwei.«

»Gutes Kind«, murmelte Anton, bevor der weiche Teig und die dick aufgetragene Butter in seinem Mund das wohlige Gefühl auslösten, es wäre eigentlich alles in Ordnung.

25

»Fräulein Doris!«

»Ja.«

»Wo sind Sie? Anton antwortet nicht mehr. Ich weiß nicht, was ich tun soll.«

»Ich bin unterwegs, Frau Schwenk. Leider stehe ich momentan im Stau.«

Mechthild machte sie zwar nervös, aber Doris war Antons Mutter unendlich dankbar dafür, dass sie angerufen hatte. Das war noch keine Stunde her …

»Sie haben doch einen Draht zu meinem Sohn«, hatte sie geschluchzt, »er macht einen riesigen Blödsinn, und ich habe solche Angst um ihn …«

»Woher haben Sie meine Nummer?«

»Na von den *Grünen Welten*, für die arbeiten Sie doch. Fräulein Doris, Anton hat gesagt, dass er heute vielleicht gar nicht zum Abendessen kommt, aber er ist doch am Dienstag und am Donnerstag immer bei mir!«

»Na ja, dann ist er einmal nicht bei Ihnen …«

»Er hat gesagt, er kommt morgen auch nicht. Weil er im Gefängnis sein wird!« Ein lautes Schluchzen, und dann, mit ersterbender Stimme: »Fräulein Doris, ich weiß, dass da etwas nicht stimmt. Anton macht irgendetwas Schreckliches.«

»Das glaube ich nicht, Frau Schwenk. Aber ich verspreche Ihnen, ich werde ihn suchen.«

Doris kannte Mechthilds dramatische Ader, aber aus ihrer Stimme hatte sie echte Not herausgehört. Zum Glück hatte Anton seine »Finde mich!«-App nicht gelöscht, und auch sein Standort war noch freigegeben. So hatte Doris mühelos herausfinden können, dass er sich in der Nähe von Salzburg befand, und zwar auf der A1. Womit klar war: Mechthild hatte recht. Anton war von seiner Linie abgewichen. Er hatte nicht auf ihre beiden WhatsApp geantwortet, zu Recht eigentlich, was für ein Blödsinn war das gewesen, wer braucht schon Zeit und Abstand? Sie hatte ihn angerufen. Er hatte nicht abgehoben.

Doris war zu seinem Haus hinübergelaufen. Antons Auto stand vor der Garage. Er musste also mit einem anderen Fahrzeug unterwegs sein. Mit dem Bus vielleicht? War er durchgedreht? Was sollte der Satz mit dem Gefängnis bedeuten? Oder hatte das seine Mutter erfunden? Doris hatte plötzlich die ganz starke Intuition gehabt, Anton nachfahren zu müssen. Und auch wenn sie ihrer Intuition sonst eher widerwillig folgte, diesmal war sie sich ihrer Entscheidung sicher gewesen. Denn schließlich musste sie etwas wiedergutmachen. O mein Gott, sie war so blöd gewesen! Und alles nur wegen des Wetters. Zwei Tage, bevor der Föhn kam, war Doris immer außer sich. »Eine Vorföhnerin«, so hatte ihre Mutter das genannt, von der sie diesen Defekt geerbt hatte. Die meisten bekamen Kopfweh, wenn der heiße Südwind über die Berggipfel pfiff und die Täler mit trockener

Luft erstickte. Da hatte Doris keine Beschwerden. Aber zwei Tage davor war sie unruhig. Ihr Herz klopfte unkontrolliert, mal schnell, mal langsam, mal stolpernd. Sie hatte den Eindruck, ihre Nervenenden zu spüren. Sie war übel gelaunt. Mindestens.

Und im Vorföhn vor drei Tagen hatte sie sich plötzlich ein wenig eingeengt gefühlt von Antons Fürsorge. Sie war das ja nicht gewohnt, bis jetzt hatte immer sie sich für das Wohlergehen ihrer Partner verantwortlich gefühlt. Gerade das, was sie suchte, nämlich die Geborgenheit, war ihr plötzlich zu viel geworden, und da hatte sie einen Satz ausgesprochen, einen scheinbar harmlosen Satz, den sie später so bereute. Sie hatte gesagt: »Es ist seltsam für mich, so viel Liebe zu bekommen, und ich weiß gar nicht, wohin damit.«

Anton war einfach in sein Haus hinübergegangen. Sie hatte noch von »ein wenig Abstand« geredet und sich gewundert, warum Anton gar nichts sagte, aber sie kannte ihn ja schon, im Vermeiden von Konflikten war er Weltmeister.

Und jetzt, da Anton weg war, stolz und stumm gegangen, jetzt war ihr klar geworden, dass er auch das nur aus Liebe zu ihr gemacht hatte.

26

»Wir müssen Frau Prenosil nach Hause bringen«, sagte Eva.

»Da gebe ich dir ausnahmsweise recht«, pflichtete Ferdinand ihr bei. »Es ist unverantwortlich, sie hier auf die Allgemeinheit loszulassen.«

»Sei doch still«, sagte Eva. »Darum geht es nicht. Sie fühlt sich nicht wohl. Sie muss nach Hause. Dort kennt sie sich aus.«

»Ihr habt recht«, sagte Anton.

»Nein!« Das war fast ein Aufschrei. Er kam von Carla, die sich gefährlich nach vorn beugte, um Anton ins Gesicht sehen zu können.

»Doch«, sagte Anton. »Die Kinder haben recht. Das ganze Projekt ist gefährdet, wenn wir Frau Prenosil mitschleppen. Und wenn was passiert ...«

»Alles ist zu Ende«, sagte Carla und versuchte, ihre heisere Stimme wieder etwas in den Griff zu bekommen. »Wenn wir Frau Prenosil nach Hause bringen, dann steigen alle aus ... Mein Mann wird kommen ... und er wird mich zwingen, vernünftig zu sein und dazubleiben, weil ich mich ja schonen muss für die Chemotherapie ... Ich will aber nicht vernünftig sein. Ich will einmal nicht vernünftig sein.«

»Du bist ganz schön egoistisch, Mama«, sagte Annika.

»Ich weiß«, sagte Carla. »Aber weißt du, Annika, es tut mir nicht sehr leid. Ich möchte das Meer noch einmal sehen. Meine Bucht. Mein Zuhause. Das ist meine letzte Chance.«

»Wie kannst du das sagen?«, murmelte Anton. »Ich meine, vor dem Kind.«

»Annika, sag dem Anton, dass du weißt, dass mich nur noch ein Wunder retten kann.«

»Ich weiß, dass die Mami nur durch ein Wunder gerettet werden kann«, sagte Annika. »Aber ich glaube an dieses Wunder.«

»Wir werden das schaffen«, sagte Carla.

»Du vielleicht«, meinte Ferdinand. »Aber Frau Prenosil?«

»Ich muss jetzt an mich denken«, antwortete Carla. »Ich habe das ganze Leben nie an mich gedacht. Jetzt tue ich es.«

»Du bist wirklich voll das Ego«, sagte Ferdinand.

Carla verdrehte die Augen und lächelte. Nein, eigentlich lächelte sie nicht, eigentlich verzog sie den Mund zu einer Grimasse. Zu einer sehr schlimmen Grimasse.

»O mein Gott«, sagte Helene.

»Oh«, sagte Annika. »Mama hat einen epileptischen Anfall.« Sie sagte das so unaufgeregt, als würde sie sagen, »Mama hat einen Pickel« oder »Mama geht jetzt einkaufen«.

»Super«, sagte Ferdinand. »Ist jetzt sicher meine Schuld.«

»Du bist hier das Riesen-Ego«, ätzte Eva.

»Haltet sie doch fest«, flehte Anton. »Ich kann jetzt nicht nochmal am Pannenstreifen stehen bleiben!«

»Nein, nicht festhalten«, sagte Annika. Sie hatte so eine feine, zarte, silbrige Stimme, aber sie sprach jetzt mit der Bestimmtheit einer erfahrenen Notfallsanitäterin. »Bringt irgendeine Decke. Ein Handtuch. Jacken … Wir müssen die Kanten hier abdecken, damit Mami sich nicht wehtut.«

Schaum quoll aus Carlas Mund. Sie zuckte wild mit dem linken Bein, oder sagen wir, das Bein zuckte. Mit Carla schien das gar nichts zu tun zu haben.

»O mein Gott«, sagte Helene.

»Ist halb so schlimm«, meinte Annika.

Anton griff unter den Fahrersitz, holte eine Decke hervor und reichte sie Annika, die damit ein kleines Nest um ihre Mutter baute. Gleichzeitig begann sie, in Carlas Rucksack zu kramen.

»Der nächste Parkplatz ist erst in zwölf Kilometern«, sagte Anton. »Soll ich die Rettung anrufen?«

»Das ist gleich vorbei … gleich vorbei«, sagte Annika, die sich nun doch ein bisschen aufzuregen schien, während sie mit zunehmender Verzweiflung in Carlas Rucksack herumwühlte.

Eva zog ihre schwarze Jacke aus und wickelte sie um den Handlauf, der Carlas Sitz von jenem des Fahrers trennte.

»Vielleicht spielt sie das nur, damit sie ihren Plan durchziehen kann«, sagte Ferdinand.

»Klappe«, fuhr ihn Eva an.

Endlich fand Annika, was sie gesucht hatte.

»Helene … Helene … halt bitte Mamas Kopf fest.«

Helene sah Carlas Kopf an. Die Augen waren so verdreht, dass sie nur das Weiße sehen konnte. Dazwischen leuchteten kleine, rote Adern. Die rechte Gesichtshälfte war zu einer grauenvollen Maske verkrampft, die Backe dehnte sich bis zum Ohrläppchen und der Mund bis zum Hals. Zwischen den Lippen quoll weißer Schaum hervor. Helene zögerte.

»Komm schon, Helene«, drängte Annika.

Helene nahm ihren ganzen Mut zusammen und stabilisierte Carlas Kopf zwischen ihren Händen, zuerst zögerlich, doch als Annika sie anwies, den Kopf fester zu halten und zu versuchen, ihn ein wenig nach hinten zu drücken, machte sie das einfach. Wenn man erst einmal damit begonnen hatte, war es halb so schlimm. Annika hatte ein Spray-Fläschchen in der Hand.

»Das muss in die Nase«, sagte sie. Carlas Kopf wand sich in Helenes Händen. Das erinnerte sie an das Angeln mit ihrem Papa. Sie war so stolz gewesen, die von ihm gefangenen Fische in den großen Eimer zu tragen, und er hatte auch nie geschimpft, wenn eines der glitschigen Tiere ihr auf dem Weg dorthin aus den Händen geglitten und in die Wiese gefallen war. Jetzt wand sich Carlas Kopf zwischen ihren Händen, und das war kein Kinderspiel.

Mit geübten Bewegungen sprühte Annika zweimal in jedes Nasenloch. Sie räumte den Spray wieder weg.

»Soll ich stehen bleiben?«, fragte Anton. Sein Telefon läutete. Mechthild. Er ging ran und sagte ruhig, aber bestimmt: »Mama, ich will das nicht mehr.« Und legte auf.

»Normalerweise wirkt es sehr schnell«, sagte Annika.

»Du bist ein tapferes Mädchen, Annika«, sagte Anton.

»Du bist eine kleine Heldin«, bestätigte Eva. »Und du auch, Helene.« Die beiden Mädchen sagten nichts.

Antons Telefon läutete.

»Mama, ich will das nicht mehr.« Und aus.

Tolle Reise, dachte Anton. Eigentlich wäre das der ideale Zeitpunkt, die ganze Geschichte abzubrechen: eine demente Frau an Bord, die dauernd weglaufen will; eine Schwerkranke mit einem epileptischen Anfall; ein Haufen Kinder und Jugendliche, die das alles mit ansehen müssen; und ein Fahrer, der diesem Wahnsinn nicht wirklich gewachsen ist. Anton hätte die Reise tatsächlich an diesem Punkt abgebrochen, wäre da nicht der Gedanke an Doris gewesen … an ihr liebes Gesicht. An das Strahlen in ihren wunderbaren grünen Augen … an ihre warme, weiche Haut … Aber sie hatte ja gefunden, dass seine Liebe ihr zu viel war. Und wie der hustende Mann auf dem Balkon bewies, hatte sie anscheinend schnell Ersatz gefunden. Und dennoch, nichts wünschte sich Anton mehr, als sie einmal sagen zu hören: »Du bist mein Held, Anton.«

Antons Telefon läutete.

»Mama, ich will das nicht mehr.«

Anton hielt das Telefon weit von seinem Ohr weg. Mechthilds Brüllen war bis in die hinteren Reihen des Busses zu hören: »Ich habe schon verstanden, dass du das nicht mehr willst.«

»Na dann ist es ja gut«, sagte Anton und drückte seine Mutter weg. Sie rief nicht mehr an.

Ein toller Held war er … hatte Mechthild besiegt. Na ja, sagen wir mal, einen Zwischenerfolg gefeiert. Nun ging es darum, für Doris ein wirklicher Held zu sein. Irgendwie weiß ja jeder, was ein Held ist, aber Anton war sich seiner Sache in diesem Augenblick so gar nicht sicher. Vielleicht brauchte er auch einfach noch eine Butterbrezel.

»Was ist denn ein Held?«, fragte er, in den Bus hinein. Es wunderte ihn nicht sehr, dass Helene das Wort ergriff. Sie war um eine Antwort nie verlegen und für ihre elf Jahre wahnsinnig schlagfertig.

»Ein Held ist jemand, der etwas tut, obwohl er weiß, dass es ihm schadet«, sagte Helene.

»Jemand, der etwas tut, obwohl er weiß, dass es ihm schadet, ist ein Trottel«, gab Anton zurück.

»Die Übergänge sind manchmal fließend«, meinte Helene lakonisch.

27

200 … 220 … Doris konnte sich nicht erinnern, jemals so schnell gefahren zu sein. Es machte richtig Spaß. Jedenfalls hätte es Spaß machen können, wenn es nicht so wichtig gewesen wäre.

Doris musste aufs Klo. Aber an einen Stopp war jetzt nicht zu denken. Nicht, bevor die Tankuhr aufleuchtete und ein Stehenbleiben erzwingen würde.

Ein Tunnel tauchte vor Doris auf, und zwar sehr schnell. Bei 220 Stundenkilometern in die Röhre zu treffen schien ihr plötzlich nicht mehr so einfach, also bremste sie ziemlich abrupt ab. Hinter ihr blitzte es zweimal auf. Immerhin, sie war nur noch 140 gefahren … bedeutete das in einer Hunderter-Zone den Führerscheinverlust? Und was, wenn sie jetzt gestoppt und ihr der Führerschein sofort entzogen wurde? Sie musste ab jetzt vernünftiger fahren. Die Tauernautobahn bestand im Prinzip ausschließlich aus Tunnels, Geschwindigkeitsbegrenzungen und Radarfallen. Da musste sie heil durch. Einen Kompromiss finden zwischen schnell ankommen und gar nicht ankommen: überhaupt ankommen! Sie musste es schaffen! Sie würde es schaffen!

28

»Danke«, sagte Carla. Anton sah sie an. Sie hatte sich tatsächlich innerhalb von fünfzehn Minuten erholt. Allerdings hing sie ohne erkennbare Körperspannung über die Absperrung vor ihrem Sitz und sah ziemlich benommen zu ihm hinüber.

»Bei mir musst du dich nicht bedanken«, sagte Anton. »Das hat alles deine tolle Tochter gemacht.«

»Sie ist wunderbar«, sagt Carla, und plötzlich flossen Tränen über ihr Gesicht. »Ich kann mich nicht umdrehen, wo ist sie?«

Anton sah in den Rückspiegel. »Annika sitzt mit Helene in der letzten Reihe. Sie tuscheln sehr angeregt.«

Carla wischte sich mit dem Ärmel ihres T-Shirts die Tränen aus dem Gesicht.

»Was ist das für ein Zeug?«, fragte Anton. »Dieser Nasenspray?«

»Benzodiazepin«, antwortete Carla. »Ein ziemlicher Hammer. Benzo ist was für Junkies. Macht süchtig und alles, aber das dürfte bei mir ziemlich egal sein.«

»Du kennst dich aber gut aus.«

»Ich bin schon ein halber Doktor geworden im Lauf der Zeit.«

Carla versuchte, ihren Kopf nach hinten zu drehen, was ihr nicht ganz gelang. Immerhin, die Reihen hinter ihr schienen nicht besetzt zu sein. Sie wollte nicht, dass sie jemand hörte.

»Weißt du«, sagte sie, »ich finde es eine ziemliche Zumutung, zu sterben, wenn man ein Kind hat.«

»Vielleicht stirbst du ja gar nicht«, meinte Anton.

»Ach Anton, lass doch die Floskeln. Sieh mich mal kurz an, dann weißt du Bescheid.«

Anton sah weiterhin geradeaus auf die Fahrbahn. Er wusste nur zu gut, wie Carla aussah.

»Und wenn du kein Kind hättest, wäre es keine Zumutung?«

»Na ja, für meine Eltern ist es natürlich auch bitter, aber die sind erwachsen. Ohne Kind wäre es ganz allein meine Geschichte.«

»Du tust geradezu so, als ob du es absichtlich machen würdest.«

»Vielleicht ist es ja so.«

»Das ist doch Unsinn«, sagte Anton entschieden. »Das Schicksal ist eine Zumutung. Nicht du!«

»Aber ich habe mir ja dieses Schicksal ausgesucht.«

»Ach, ausgesucht … das klingt so wahnsinnig … esoterisch oder was. Du hast dir doch nicht ausgesucht, dass du leidest und stirbst.« Jetzt musste Anton unbedingt eine Butterbrezel essen, um diesem Gespräch gewachsen zu sein.

»Gibst du mir auch ein kleines Stück, bitte?«, fragte Carla. »Meine Vorratskiste ist irgendwo da hinten.«

Anton riss seine Brezel in zwei Stücke und reichte Carla die eine Hälfte.

»Danke«, sagte Carla, biss ein Stückchen ab und kaute sehr lange daran. »Hast du auch einen Schluck zu trinken, bitte? Der Mund wird so trocken von dem Mittel.«

Anton wollte ihr sein Cola reichen, aber Carla bat um Wasser, denn Zucker und Säure taten auf ihren von der Chemotherapie zerstörten Mundschleimhäuten ziemlich weh.

Carla nahm einen kleinen Schluck Wasser und musste husten. Anton sah sie besorgt an. Carla zwinkerte ihm aufmunternd zu. Sie sah jetzt besser aus, fand Anton. Die Augen irgendwie fast strahlend. Was so eine Brezel alles bewirken kann.

Als sie sich von dem Hustenanfall erholt hatte, sagte Carla: »Natürlich habe ich auch mein Schicksal verflucht. Manchmal tue ich es immer noch. Aber das sind die verzweifelten Augenblicke. Du verbitterst total, wenn du dich wehrst. Das ist der berühmte Kampf gegen den Krebs, von dem alle reden. Ein ziemlicher Unsinn in meinen Augen. Jedenfalls für mich.« Sie biss noch einmal von der halben Brezel ab und fügte nach einer langen Kaupause hinzu: »Ich weiß fast immer, dass es so sein muss, wie es ist. Dass es vielleicht sogar einen Sinn hat, den ich aber nicht verstehe. Den niemand versteht. Und den ich mir auch von niemandem erklären lassen will, von keinem Priester und keinem Schamanen und keinem Psychologen. Aber es ist mein Weg. Und den soll man mich in Ruhe gehen lassen.«

Anton schluckte den letzten Bissen hinunter und spülte mit Cola nach.

»Ich hoffe, das gelingt auch. Da vorne kommt die Mautstelle«, sagte er. »Der perfekte Platz für die Polizei.«

29

Doris hatte Tränen in den Augen. Sie musste so dringend aufs Klo, dass sie beschloss, bei der nächsten Raststation stehen zu bleiben, auch wenn der Tank noch nicht ganz leer war. Und obwohl Anton sich unbeirrt fortbewegte. Oder sollte sie einfach ins Auto machen? Für die Sitzheizung und die Lederbezüge wäre das sicher keine sehr tolle Option, und auch der Geruch, der sich später daraus ergeben würde, eine ziemliche Zumutung.

Doris erinnerte sich an eine Episode aus ihrer Kindheit. Sie waren mit ihren Eltern in Wien gewesen, ein Tagesausflug in die Hauptstadt … warum eigentlich? Der Zoo? Oder hatten sie einfach nur die Oma besucht? Egal … jedenfalls, auf der Rückfahrt war ihnen ganz schön langweilig geworden, ihrem Bruder und ihr. Und nachdem die Eltern Fragen wie »Sind wir bald da-a?« oder »Dauert es noch la-ange?« nicht mehr oder nicht mehr ernsthaft beantworteten, hatten sie zu singen begonnen. Das war ihnen aber auch bald langweilig geworden, ebenso wie »ich seh, ich seh, was du nicht siehst«.

Plötzlich hatte sich ihr Bruder zu ihr hinübergebeugt. Sie war etwa fünf oder sechs Jahre alt gewesen und saß noch in einem Kindersitz. Er raunte ihr ins Ohr: »Du bekommst zwanzig Schilling, wenn du jetzt ins Auto Lulu machst.«

Doris erinnerte sich genau, dass sie diese Idee keineswegs schockierend gefunden hatte, im Gegenteil, das war eine richtig lustige Idee! Seltsamerweise aber gar nicht so leicht umzusetzen, wie sie sich das vorgestellt hatte.

»Versprochen?«, fragte sie ihren Bruder.

»Hier, meine Hand!«

Und sie hatte sich bemüht und bemüht, und endlich hatte sie es warm und nass gespürt auf ihrem Kindersitz und ihr Werk mit einem kleinen, wohligen Schauer abgeschlossen.

»Fertig«, raunte sie ihrem Bruder zu, stolz über ihr kleines gemeinsames Geheimnis.

Die Eltern hatten gar nicht geschimpft, sondern sie sogar bemitleidet, *das arme Mädchen, das sich in die Hose machen musste, ja, warum hast du denn nichts gesagt?*

Auf die zwanzig Schilling wartete sie heute noch.

Nächste Raststation: zwölf Kilometer.

30

Vor der Mautstation verbreiterte sich die Fahrbahn. Anton wählte die Spur ganz rechts und versuchte festzustellen, ob irgendwelche Uniformierten hinter den Schranken standen. Noch war nichts zu sehen.

»Wir haben nicht mal eine Autobahnvignette«, sagte Anton. Er wechselte die Spur, um zu einem unbemannten Schranken zu gelangen.

»Darf ich zahlen?«, fragte Carla.

»Hast du eine Kreditkarte?«

»Ja.«

»Dann gib sie mir bitte. Das geht am schnellsten.«

Der Schranken ging auf. Zögerlich fuhr Anton los. Hinter der Kurve, was war da? Slowenische Kennzeichen, Gott sei Dank, keine Polizei … keine Polizei!

Sie fuhren in den langen Tunnel ein, der die Alpennordseite mit der Südseite verband. Als der Bus am anderen Ende aus der dunklen Röhre kam, kniffen alle die Augen zusammen. Anton, Carla, Helene, Annika, Ferdinand, Eva und auch Frau Prenosil. Gleißend strahlte die Sonne von einem azurblauen Himmel.

»Das Leben ist schön«, sagte Carla.

»Findest du wirklich?«, fragte Anton.

Carla schwieg eine Weile, dann sagte sie: »Ich habe schon so tief in die andere Welt hinübergeschaut, dort ist es auch schön. Wenn mein Augenblick gekommen ist, werde ich gehen, und das ist weder gerecht noch ungerecht, es ist einfach so. Nur für mein Kind tut es mir leid.«

»Es gibt viele Leute, die überleben«, sagte er. »Lange. Manche werden völlig geheilt.«

»Ja, die gibt es. Bei mir müsste ein riesengroßes Wunder geschehen, damit ich wieder gesund werde«, sagte Carla. »Das hat auch meine Ärztin gesagt. Frau Berger, hat sie gesagt, bereiten Sie Ihren Abschied vor.«

»Das ist hart«, sagte Anton.

»Ich war ihr unendlich dankbar dafür«, sagte Carla. »Sie hat nur etwas ausgesprochen, was ich ohnehin gewusst habe. Weißt du, mein letzter CT-Befund hat sich mehr wie ein Autopsie-Bericht gelesen.« Carla lachte. Anton griff zur nächsten Brezel.

»Ich habe Metastasen in der Leber, in der Lunge, in den Knochen und neuerdings im Gehirn. Daher kommen die epileptischen Anfälle. Wie gesagt, es muss schon ein riesiges Wunder her, damit ich das überlebe.«

»Und dieses Wunder erwartest du dir jetzt vom Meer?«, fragte Anton.

»Wunder können nur passieren«, antwortete Carla. »Man kann sie nicht erwarten.«

31

Doris fühlte eine bleierne Müdigkeit, die sich in ihrem Körper ausbreitete. Das musste wohl an der Erleichterung liegen. Wenn sie diese Art von Müdigkeit bloß in der Nacht abrufen könnte! Aber an eine Schlafpause war nicht zu denken. Sie musste jetzt diese Sache durchziehen.

Zumindest um den Druck in der Blase erleichtert, lief Doris zurück zu ihrem Auto. Es war inzwischen vollgetankt, ein weiterer angenehmer Nebeneffekt, wenn man ein teures Auto fährt: Da kommt der Tankwart und fragt, ob er helfen könne, das war ihr mit ihrem alten Gefährt noch nie passiert. Sie gab ihm zehn Euro Trinkgeld, weil sie keine Münzen fand, und jetzt musste es schnell weitergehen!

Doris' Herz pochte wild und unregelmäßig. Anton! Sie spürte, dass er nicht weit entfernt war. »Finde mich!« Doris befragte ihre App. Ja, da war er. Anton! Gleich hab ich dich!

32

»Ich hab zwei schlechte Nachrichten.«

Ferdinand stand plötzlich neben Anton.

»Willst du zuerst die schlechte oder zuerst die sehr schlechte hören?«

»Muss ich wirklich auswählen?«, schnaufte Anton.

»Also erstens einmal, ich muss aufs Klo, und zwar ziemlich dringend.«

»War das jetzt die schlechte oder die ganz schlechte Nachricht?«

»Die schlechtere Nachricht ist, dass mein Vater gerade beginnt, durchzudrehen.«

»Was bedeutet das?«, fragte Anton.

»Er hat mein Handy geortet und gesehen, dass ich in Kärnten bin statt in der Schule. Und er hat herausgefunden, dass meine Schwester auch nicht in der Schule ist. Und dann hat er mich angerufen und gefragt, ob Helene bei mir ist und ob ich noch bei Trost bin …«

»Was hast du ihm gesagt?«

»Ich konnte nicht anders, als ihm die Wahrheit zu sagen.«

»Die Wahrheit ist«, sagte Anton, »dass wir einen etwas unkonventionellen Ausflug machen.«

»Mein Vater sagt, du hast den Bus entführt«, sagte Ferdinand.

»Alle sind auf freiwilliger Basis mit an Bord!«, sagte Carla, die mitgehört hatte.

»Das habe ich ihm auch gesagt. Aber er meint, ich bin minderjährig, Helene ist minderjährig, und andere Minderjährige sind auch mit an Bord, weshalb diese Abmachung nicht rechtskräftig und der sogenannte Ausflug nicht legal, sondern eine Entführung ist.«

»Was macht dein Vater beruflich?«, fragte Carla.

»Er ist Rechtsanwalt.«

»Hört sich so an«, brummte Anton.

»Paragraf 99 Strafgesetzbuch, Freiheitsentziehung. Papa sagt, du wanderst drei Jahre hinter Gitter. Und du bist auch haftbar, Carla, wegen Anstiftung.«

Carla lachte auf. »Selbst wenn sie mich zu lebenslanger Haft verurteilen, wird das nicht besonders lang sein.«

Anton griff in seine Vorratskiste und holte eine Knackwurst hervor. Er musste jetzt irgendetwas Deftiges haben, damit sein Gehirn wieder funktionierte. In diesem Fall gelang das erstaunlich schnell.

»Wir lösen deine beiden Probleme gleichzeitig«, sagte Anton. »Ich lass dich und deine Schwester bei der nächsten Raststation raus, dort kannst du aufs Klo gehen, und ihr werdet auch eurer Freiheit nicht mehr beraubt. Dann nehmt ihr einen Zug, oder euer Vater holt euch ab, und alles wird gut.«

»Alles ist gut«, sagte Carla. »Alles ist perfekt.«

»Na ja«, sagte Ferdinand, »ich weiß nur nicht, ob es etwas nützen wird. Mein Papa ist da ziemlich konsequent. Er sagt, du bist ein Verbrecher, und es geht nicht nur um mich, sondern auch um die anderen Kinder.«

»Ja und – was soll Anton also tun?«, fragte Carla.

»Das weiß ich auch nicht. Er hat jedenfalls bereits die Polizei verständigt. Er sagt, er kennt den Innenminister noch aus Uni-Zeiten, und er wird uns jede verfügbare Sondereinheit auf den Hals hetzen.«

Anton schluckte den Rest seiner Wurst hinunter und schwieg. Plötzlich hatte er den Eindruck, er musste auch aufs Klo.

»Es tut mir leid«, sagte Ferdinand. »Aber so ist er halt, mein Vater. Ich fürchte, unsere Reise ist zu Ende.«

»Sicher nicht«, sagte Carla.

»Was willst du denn tun?«, fragte Ferdinand.

»Es einfach versuchen«, antwortete Carla. »Weißt du, ich habe nichts zu verlieren. Nichts außer ein kleines Restchen Leben.«

33

Tunnels … Tunnels … dazwischen das nach der dämmrigen Beleuchtung schmerzhaft grell wirkende Sonnenlicht.

Anton! Anton, wo bist du? Bitte mach keinen Unsinn! Ich bin gleich bei dir!

Gleich bei dir … das hatte er auch gesagt in dieser lauen Frühlingsnacht. Damals, als alles noch gut war. Damals, als alles begonnen hatte.

»Möchtest du auf ein Brathuhn kommen?«, hatte sie spontan gefragt. Und irgendwie, fast entschuldigend, hinzugefügt: »Ein ganzes ist mir nämlich viel zu viel, ich könnte einen braven Esser gut gebrauchen.«

Und Anton kam. Zur Begrüßung gab es wieder den unverbindlichen Nachbarschaftswangenkuss, den sie auch zuvor schon routinemäßig ausgetauscht hatten. Und doch war an diesem Abend alles anders. Doris wusste nicht, warum, aber sie spürte genau, dass etwas passieren würde.

Tage später erzählte sie Anton davon, dass sie dieses seltsame Gefühl gehabt hatte, und er fragte lachend: »Du hast es also geplant?«

»Nein, gar nicht!«

»Aber wenn du so ein Gefühl gehabt hast, dann gehst du ja schon anders in so einen Abend hinein. Ich meine, du hast mir vielleicht kleine Zeichen gegeben?«

»Sind dir welche aufgefallen?«

»Nein! Sonst hätte ich mich womöglich erschreckt.«

»Das glaube ich auch.«

»Aber vielleicht waren es unmerkliche Zeichen. Also solche, die man nicht mit dem Verstand wahrnehmen kann.«

»Also wenn, dann habe ich sie auch unbemerkt gegeben. Ich sage ja auch nicht, dass ich wusste, was passieren würde. Ich sage nur, ich hatte so ein Gefühl, dass irgendwas passieren wird.«

Und dann war es passiert … Sie hatten gegessen, Brathuhn toskanischer Art, so hatte Doris das genannt, mit Tomaten, Oliven und Zitronenscheiben geschmort. Sie hatten eine Flasche Wein getrunken, das heißt, überwiegend Doris, Anton durfte ja nicht, und ihr gefiel es, dass er sich so verantwortungsbewusst daran hielt. Später konnten sie nicht mehr genau rekonstruieren, wie es so weit gekommen war, auch Anton wusste es nicht mehr. Anton, ihr Held. Anton, in dir steckt doch so viel Mut!

Doris musste abrupt bremsen. Die Mautstation! Sie schwenkte über alle Spuren nach links, um in die kürzeste Warteschlange zu kommen. Ein Fehler, wie sich bald herausstellte.

34

Helene und Annika saßen in der letzten Reihe des Busses.

»Ich zeig dir ein Geheimnis, damit du nicht so traurig bist«, sagte Helene.

»Ich bin nicht traurig, ich bin wütend. Auf das ganze Leben«, sagte Annika und sah Helene mit leicht gesenktem Kopf an, wie ein Steinbock, bevor er zu kämpfen beginnt. Da konnte sie ganz schön böse schauen, die kleine Annika. Aber wenn man in Helenes blaue Augen und in ihr offenes, freundliches Gesicht schaute, konnte man nicht lange böse sein.

»Ich möchte trotzdem dein Geheimnis sehen«, sagte Annika.

Helene öffnete ihre riesige Schultasche und holte einen Schuhkarton hervor. Der Schuhkarton hatte viele Löcher, und Annika erriet sofort, dass darin ein Tier sein musste.

Helene nahm den Deckel ab. »Das ist Totti«, sagte sie. Es war ein kleines Zwergkaninchen, weiß mit hellbraunen Ohren.

»Oh, ist der süß«, sagte Annika. »Darf ich ihn streicheln?«

»Klar«, sagte Helene stolz. »Hier, nimm mal den Karton.«

Annika nahm den Karton auf den Schoß und streichelte über das flauschige Fell des Kaninchens, während Helene in ihren Einkäufen kramte und Karotten und Salat hervorholte. Gierig begann Totti zu fressen.

»Warum nimmst du ihn mit in die Schule?«, fragte Annika.

»Er ist einsam zu Hause«, sagte Helene. »Wenn er mit mir ist, hat er es besser.«

»Ich hätte gerne einen Hund«, sagte Annika. »Aber Papa sagt, das geht nicht, weil wer soll sich um den Hund kümmern? Ich bin in der Arbeit, sagt Papa, und du bist in der Schule. Mama ist ja da, habe ich gesagt, aber da hat er seltsam geschaut … Er glaubt wahrscheinlich, ich verstehe nicht, dass Mama sterben wird.«

»Und wer kümmert sich dann um dich?«, fragte Helene sehr pragmatisch.

»Ich bin dann hoffentlich schon ein bisschen größer, und niemand muss sich um mich kümmern.«

»Wir können gemeinsam kochen«, sagte Helene. »Ich koche sehr gerne und sehr gut. Ich kann Spiegelei, Nudeln mit Mozzarella und Tomaten, und außerdem Schokoküchlein … kennst du die, wo drinnen ein weicher Schokokern ist?«

»Nein«, antwortete Annika. »Aber ich esse gerne Salat.«

»Salat, echt? Den lass' ich lieber für Totti übrig.«

Helene nahm ein Salatblatt und hielt es über dem Kaninchen in die Höhe.

»Schau mal, er kann ein Kunststück.« Das Tier streckte sich auf den Hinterbeinen in die Höhe. Helene rückte mit dem Salatblatt immer weiter hinter Tottis Kopf, bis der ein Männchen machte und zur Belohnung den Leckerbissen bekam.

»Hab ich auf YouTube gesehen«, erzählte Helene. »Es gibt auch Hasen, die einen Handstand machen können, aber dafür ist Totti zu blöd. Oder vielleicht auch zu gescheit.«

Helene nahm das Kaninchen auf ihren Schoß.

»Hast du nicht Angst, dass er dich anpinkelt?«, fragte Annika. Die beiden Mädchen lachten, als wäre das der beste Witz des Jahrhunderts gewesen.

»Ich hab auch etwas mit«, sagte Annika nach einer kleinen Pause.

Sie holte eine kleine Truhe aus ihrer Schultasche. Die sah aus wie eine echte Piraten-Schatztruhe, aus schwarzem Holz mit eisernen Beschlägen.

»Ich hoffe, da ist keine Schlange drinnen«, sagte Helene, und auch das fanden die beiden Freundinnen sehr lustig.

»Schau mal«, sagte Annika, öffnete die Truhe und holte eine kleine silberne Schatulle hervor. Sie hob den Deckel.

»Das sind meine Milchzähne. Gruselig, nicht?«

»Voll gruselig!«

»Willst du mal einen in die Hand nehmen?«

»Nein!«

»Und siehst du dieses Röhrchen hier? Das habe ich von der Oma bekommen. Es ist echter, reinster Goldstaub.«

»Den kenne ich«, sagte Helene. »Den gibt es in diesem Einrichtungsladen um 3,99.«

»Aber das hier gibt es nicht«, sagte Annika und öffnete eine Streichholzschachtel. Darin befand sich, klein zusammengelegt, ein langes Stück Papier. Annika entfaltete es. Lauter kleine Zeichnungen waren darauf zu sehen.

»Das ist die ganze Weihnachtsgeschichte. Die ganze, komplette Weihnachtsgeschichte mit Ochs und Esel und Krippe und Jesus und allem Drum und Dran, in einer Streichholzschachtel.«

»Das haben wir in der ersten Klasse Volksschule gebastelt«, sagte Helene. »Meins ist so hässlich geworden, dass ich es zerknüllt habe.«

»Hier habe ich noch Kaugummis«, machte Annika weiter. »Toll, nicht? Und eine Trillerpfeife. Außerdem eine Uno-

Karte. Keine Ahnung, wie die da reinkommt. Das ist mein größter Schatz.« Annika holte ein Lederband hervor, an dem ein schwarzer, glatter Stein hing. »Das ist ein Stein vom Mond. Die Kette hat mir meine Mama geschenkt, und sie hat gesagt, wenn ich sie trage, hab ich immer ein Stück von den Sternen und von der ganzen Ewigkeit bei mir.«

Helene strich bewundernd über die glatte Oberfläche des Steins. »Oh«, sagte sie dann. »Totti wird unruhig. Ich glaube, der sollte mal kurz raus.«

»Ich muss raus!«, rief Ferdinand.

»Mach dir nichts ins Hemd«, sagte Eva.

»Ins Hemd eh nicht«, gab Ferdinand zurück.

35

Es befanden sich zwar nur zwei Autos vor Doris. Aber der Fahrer des bosnischen Lieferwagens war offensichtlich nicht in der Lage, sein Geld oder seine Kreditkarte oder was auch immer zu finden. Oder plauderte er einfach nur gemütlich mit der Frau in ihrer verglasten Hütte? Spur wechseln! Zurückfahren! Das ging auch nicht mehr, drei Wagen standen hinter ihr. Und auf den eingelegten Rückwärtsgang und Doris' Fluchtversuche reagierten die einfach gar nicht. Gott, warum muss das immer mir passieren, jammerte Doris. Immer, wenn ich vor einem Mautschranken stehe, ist da vor mir ein Typ, der nicht zahlen kann! Oder es wird gleich die ganze Anlage kaputt! Das darf doch einfach nicht wahr sein! »Finde mich!« Anton entfernte sich … nicht schnell, aber stetig.

Sie sprang aus ihrem Wagen und lief zum Mauthäuschen.

»Was ist das Problem?!«

Der Fahrer des Lieferwagens hielt ihr erklärend eine ganze Handvoll Münzen entgegen, kupferfarbene, vor allem aber rote.

»Dem Herrn fehlen zwei Euro und dreiundsechzig Cent«, sagte die Frau von der Mautstelle.

Doris zückte ihre Geldbörse und holte die Kreditkarte heraus: »Bitte, ich zahle für ihn. Aber schnell muss es gehen.«

»Kein Problem.« Die Kreditkarte war schnell durchgezogen, der Schranken öffnete sich.

»Danke, Frau, danke«, sagte der Fahrer des Lieferwagens.

Doris lief zurück zu ihrem Auto. Zum Glück hatte der Fahrer vor ihr sein Geld bereits abgezählt. Er hatte auch weiß Gott genügend Zeit dazu gehabt.

Als Doris endlich den Schranken passiert hatte, wartete die nächste Geduldprobe. Ein Tunnel. Ein riesig langer Tunnel. Tempo 80. »Radarkontrollen« stand auf einem Schild.

Doris versuchte an Anton zu denken, um sich zu beruhigen … an den Abend damals …

Kurz, bevor es passierte, hatte Anton so etwas Ähnliches gesagt wie, »es ist aber auch schwer, wenn man sich so lange kennt …« Und ich hab mir gedacht, so schwer vielleicht auch wieder nicht, oder hab ich mir das gar nicht gedacht? Also gesagt habe ich es jedenfalls nicht! Ich habe vielleicht den Kopf ein wenig schief gehalten … vielleicht nicht einmal das. Jedenfalls bist du plötzlich aufgestanden. Anton! Und du hast dich neben mich auf die Bank gesetzt, auf die kleine Bank, die vor dem Haus steht, und hast den Arm um mich gelegt. Ich hab dich angesehen, und du hast mir dein Gesicht zugewandt. Wenn ich etwas ganz aus der Nähe ansehe, dann schiele ich ein bisschen. Vielleicht hat dich das gerührt? Oder bezaubert. Ich weiß, dass ich ein bisschen hilflos und ziemlich süß aussehe, wenn ich schiele. Anton! Ich spüre jetzt noch deine Lippen auf meinen … »Hollywoodromantikfilmküsse«, habe ich am nächsten Tag dazu gesagt. Dabei sind Hollywoodküsse ja nicht echt, das weiß ich eh, aber es hat sich für mich genau so angefühlt wie in den schönsten Filmen, wenn am Ende die Musik kommt und der Held und die Heldin sich endlich finden.

Anton! Bitte mach keinen Unsinn!

36

Antons Telefon läutete. Atom-Alarm. Mechthild. Anton ging nicht ran. Gleich darauf läutete Antons Telefon noch einmal, ein anderer Klingelton. Jetzt versuchte sie es also nicht vom Festnetz, sondern von ihrem Handy aus, das sie normalerweise nie verwendete.

»Mama, lass mich einfach in Ruhe, ich komme heute nicht nach Hause, ich will das nicht mehr!! Und ich scheiße auf deine Sorgen, ich scheiße wirklich drauf!«

»Hier spricht Magister Harald Beißkammer. Herr Schwenk, ich habe gerade einen äußerst beunruhigenden Anruf von der Polizei erhalten und den dringlichen Auftrag, mit Ihnen zu reden.«

»Oh«, sagte Anton. Kurz überlegte er, sich zu entschuldigen, aber er verwarf den Gedanken ganz schnell. Er war sowieso immer zu höflich gewesen, sein ganzes Leben lang. Zu seiner Mutter, zu seinen Lehrern, zu seinen Vorgesetzten … nur mit sich selbst, mit sich selbst hätte er manchmal etwas rücksichtsvoller umgehen können.

»Wo befinden Sie sich gegenwärtig?«

»In der Gegenwärtigkeit«, antwortete Anton.

»Mir ist absolut nicht zum Scherzen zumute«, sagte Magister Beißkammer. »Sie werden jetzt zeitnah …«

»Sie ahnen gar nicht, wie zeitnah die Gegenwärtigkeit ist«, sagte Anton und gluckste vor Vergnügen über seine Unverschämtheit. Dann drückte er das Gespräch weg.

Allerdings hielt seine Fröhlichkeit nur kurz an. Vor Villach gab es noch einen langen Tunnel mit Gegenverkehr zu durchqueren, und auf den fuhr Anton gerade zu. Tempo 50, schrieb die elektronische Anzeigetafel vor. Warum bloß so langsam? Stand am anderen Ende vielleicht schon das Sonderkommando, um den Bus zu stürmen? Wie lange konnte es dauern, bis man sie fand? Immerhin, die gesamte Autobahn wurde mit Verkehrskameras überwacht, und ein gelber Bus war nicht gerade unauffällig.

»Mein Vater ruft ununterbrochen an«, jammerte Ferdinand. »Lass mich jetzt raus! Lass uns jetzt raus!«

»Ich kann nicht stehen bleiben«, antwortete Anton. »Nicht jetzt.«

Atom-Alarm. Mechthild. Auch das noch. Wegdrücken.

Der Tunnel zog sich endlos. Alle hielten sich brav an die Geschwindigkeitsbegrenzung. Vielleicht war das niedrige Tempo vorgeschrieben worden, weil auf der anderen Seite des Tunnels Krallen ausgeworfen wurden, um die Reifen zu zerstören und den Bus zu stoppen? Aber würde die Polizei das wagen? Wäre das Risiko nicht zu groß, dadurch einen Unfall zu verursachen, bei dem Kinder verletzt werden könnten? Anton spürte, dass ihm langsam mulmig wurde. Was machte er da bloß? Die Belüftung des Tunnels funktionierte schlecht, im Bus stank es nach Abgasen. Es war sehr still geworden.

Als der Bus endlich aus der Tunnelröhre fuhr und von Sonnenlicht geflutet wurde, atmeten alle auf. Nicht nur, weil sich die Luftverhältnisse sehr schnell besserten, sondern auch, weil auf dem Überkopfwegweiser ein verheißungsvolles Wort stand:

ITALIEN

Zwölf Kilometer noch. Von Polizei keine Spur. Noch nicht jedenfalls.

37

»Doris, wo sind Sie?«

»In einem stinkenden, elendslangen Tunnel.«

Mechthilds Stimme schwankte zwischen Hysterie und Verzweiflung.

»Haben Sie ihn bald gefunden?«

»Ich hoffe.«

»Er hebt nicht ab. Er geht nicht ans Telefon! Warum rufen Sie ihn nicht an?!«

»Bei mir ist er auch nicht rangegangen.«

»O Gott, o Gott.«

»Alles wird gut, Frau Schwenk«, sagte Doris, aber sie war sich nicht sicher, ob sie das wirklich glaubte. »Und bitte rufen Sie mich jetzt nicht mehr an, ich sehe auf meinem Handy, dass ich ganz nah an ihm dran bin.«

»Bitte melden Sie sich sofort, wenn Sie ihn gefunden haben.«

»Natürlich. Auf Wiederhören, Frau Schwenk.«

Doris atmete tief durch. Erstens, weil man nach einem Gespräch mit Antons Mutter immer tief durchatmen musste. Zweitens, weil sie endlich den Tunnel verlassen hatte. Und drittens, weil sie jetzt gleich bei Anton sein würde. Sie sah auf ihr Handy, zögerte kurz, ging die Reise nach Wien, nach Slowenien oder nach Italien? »Finde mich!« schwächelte gerade ein bisschen. Doris wurde langsamer ... Hatte Anton die Ortungsdienste deaktiviert? Dazu war er ja gar nicht in der Lage ... Vielleicht hatte ihm jemand dabei geholfen?

Die Nachrichten. Sie schaltete das Radio lauter: »Zu einer mehrfachen Entführung dürfte es heute durch den Fahrer eines Schulbusses gekommen sein. Laut unbestätigten Angaben hat der Chauffeur des mit Kindern besetzten Busses seine Route geändert und ist nicht mehr zu seinem Dienstort zurückgekehrt. Wie viele Geiseln sich in seiner Gewalt befinden, ist derzeit unklar.«

Jetzt bekam es Doris richtig mit der Angst zu tun. Anton! Wo bist du?!

38

»Herr Schwenk, hier spricht Major Gladischnig, Bundespolizei Villach.«

Warum bin ich bloß rangegangen, dachte Anton.

»Herr Schwenk, beenden Sie sofort Ihre Fahrt! Halten Sie auf dem Pannenstreifen, meine Kollegen werden in wenigen Minuten bei Ihnen sein und die Situation vor Ort …«

Anton drückte den roten Knopf. Okay … in wenigen Minuten bei mir sein …

»Schlechte Nachrichten?«, fragte Carla.

»Na ja. Jetzt haben sie uns gleich.«

»Italia ein Kilometer!«, jubelte es von hinten. Helene und Annika winkten dem blauen Schild mit den EU-Sternen zu. »Machen wir dann einen Halt?«, fragte Annika.

»Das werden wir sehen«, seufzte Anton.

»Wir machen einen Halt«, wimmerte Ferdinand. »Sonst kann ich für nichts garantieren.«

»Dann wüsstest du immerhin, wie es Frau Prenosil gegangen ist«, höhnte Eva.

39

Endlich! Endlich wieder ein Signal von Anton! Er fährt Richtung Italien. Rechts halten! Und Gas geben! Vielleicht wäre es gut, ihn noch vor der Grenze einzuholen! Wer weiß, was in Italien …

»Italia 1 km« …

Doris bemerkte, wie ihr Magen sich verkrampfte.

40

Anton wusste nicht, wo er hinschauen sollte … in den Rückspiegel? Oder nach vorne, zu den ehemaligen Grenzgebäuden? Wären sie in Italien halbwegs in Sicherheit? Oder waren Polizia und Carabinieri längst informiert? Und die österreichische Polizei, die durfte ihn doch über die Grenze hinaus verfolgen, oder nicht?

»Man sollte ihnen mehr Geld geben«, sagte Carla.

»Wem?«

»Der Polizei. Warum haben die uns nicht längst?«

Noch hundert Meter bis zur Grenze …

»Und wenn drüben eine Straßensperre ist?«

»Dann machst du es wie in einem dieser Filme. Du fährst einfach durch.«

»Natürlich. Die Autos werden zur Seite geschleudert, Cops fliegen durch die Luft, und dann beginnt eine tolle Verfolgungsjagd. Ich mit achtzig Stundenkilometern …«

»Italien!«, jubelten Eva, Helene und Annika.

41

»Italien!«, rief Doris laut. Und keine Polizia, keine Carabinieri, keine Guardia di Finanza und wie sie alle hießen. Nichts. Gelobtes Europa!

Doris stieg aufs Gas. Bereits im ersten Tunnel sah sie ihn: den gelben Bus! Antons Bus!!

Jetzt musste sie es schaffen, ganz ruhig zu bleiben. Sie brachte ihr Auto auf gleiche Höhe wie den Bus und sah zum

Fahrersitz hinüber. Anton musste sie bemerkt haben, aber er sah stur geradeaus. Typisch Anton! Doris hupte. Anton sah geradeaus.

Hinter Doris leuchteten plötzlich Lichter auf. Lichthupe, Blinker ... Da wollte jemand vorbei. Doris überholte den Bus, wechselte die Spur und bremste ab. Der Bus kam gefährlich nahe an sie heran. Was sollte sie tun? Anton hatte sie nicht erkannt, und ihr Auto war ihm auch fremd.

Doris musste mit Anton reden. Jetzt!

42

»Totti müsste mal aufs Klo«, sagte Helene.

»Wer ist Totti?«, fragte Anton.

»Mein Hase.«

»Ein Hase ist auch an Bord?«

Carla lachte.

»Ich halte es nicht mehr aus«, wimmerte Ferdinand. »Und mein Vater auch nicht. Jetzt hat er gerade zum vierzehnten Mal angerufen!«

»Ich kann jetzt nicht stehen bleiben!«

Ein riesiges schwarzes Auto fuhr neben Anton her und hupte. So ein Trottel, dachte er. Er versuchte, aus den Augenwinkeln zu sehen, ob es sich vielleicht um Polizisten handelte. Doch die Scheiben des Wagens waren so dunkel getönt, dass er nichts erkennen konnte.

Plötzlich überholte ihn das Auto, bremste abrupt vor ihm ab. Wenn du wüsstest, wie alt meine Bremsen sind, fluchte Anton in sich hinein.

»Vielleicht ist das die Polizei?« Carla schien besorgt.

»Das ist ein österreichisches Kennzeichen. Und soviel ich weiß, fährt unsere Polizei keine Chevis.«

Der Chevi bremste erneut.

»Auf jeden Fall ist es ein Trottel«, brummte Anton.

Sein Handy piepste. Sicher die Roaming Info, das musste er jetzt nicht lesen.

43

Verdammt, dachte Doris, dem ist das einfach egal! Oder er liest meine SMS nicht. Abfahrt Tarvisio in fünfhundert Metern, die sollten wir nehmen, denn auf dem Pannenstreifen stehen zu bleiben ist nie eine gute Idee, vor allem, wenn man sich eigentlich unauffällig verhalten sollte.

Sie wählte Antons Nummer.

44

Anton sah es sofort. Das Aufleuchten von Doris' liebevollem Gesicht, das Foto, das sie ihrem Kontakt zugeordnet hatte, er kannte sich ja mit diesem Gerät nicht so gut aus. Es zeigte Doris am Seeufer, glücklich lächelnd, nein: strahlend vor Glück. Anton gab sich einen Ruck und drückte den grünen Knopf.

»Doris?«, fragte er.

»Das bin ich, Anton. Das schwarze Auto. Folge mir jetzt. Ich muss mit dir reden.«

»Ich kann jetzt nicht stehen bleiben.«

»Ich muss dich küssen.«

»Das klingt schon besser.«

45

Doris betätigte den Blinker und nahm die Ausfahrt nach Tarvisio, die sich unmittelbar nach dem Ende des Tunnels befand. Ein kleines Zögern ... Würde Anton ihr folgen oder einfach weiterfahren?

Er kam mit! Doris fuhr Anton voraus. Ein unscheinbares Ortsschild: »Tarvisio«. Immer wieder ließ sie ihr Auto zurückfallen, damit er ihr ja nicht entwischen konnte. Aber wohin hätte er auch fahren sollen? Der Ort zog sich endlos in die Länge, und nirgends gab es einen Parkplatz. Noch dazu war gerade Markttag und das Vorankommen einigermaßen mühsam.

Sie hielt den Atem an, als sie das blau-weiße Auto der italienischen Polizei auf sich zufahren sah, mit Blaulicht. Doch der Wagen raste einfach vorbei, Richtung Autobahn.

Endlich sah Doris den Parkplatz eines Skilifts, links von der Straße, und blinkte. Erst, als sie sich vergewissert hatte, dass Anton hinter ihr geblieben war und ebenfalls den Blinker betätigt hatte, bog sie ab. Sie blieb am Rand des Parkplatzes stehen, der Bus in einigem Abstand von ihr. Doris sprang aus dem Auto, aber sie war zu schüchtern, um jetzt auf den Bus zuzulaufen, da waren doch eine Menge Leute drinnen.

Seufzend öffnete sich die Bustür.

Leicht wankend stieg Anton die Treppe hinab. Wie in Zeitlupe. Sah Doris an. Lächelte. Und da waren ihr dann ihre Schüchternheit und die Leute im Bus egal, und sie lief auf Anton zu und er auf sie, und sie fielen einander auf diesem Parkplatz in die Arme.

Jetzt musste Doris aber den nächsten Schritt machen, denn sie war es ja, die schreckliche Dinge gesagt hatte, zum Beispiel: »Es ist seltsam für mich, so viel Liebe zu bekommen, und ich weiß gar nicht, wohin damit.« Eigentlich wusste sie das aber sehr gut, und sie presste ihre Lippen auf seine, und Anton erwiderte ihren Kuss. Doris hielt Antons breiten Kopf in ihren kleinen Händen. Ihre Münder lösten sich, und sie holten Luft. Jetzt schielt sie wieder ein bisschen, dachte Anton, das ist so schön. So ein guter Mann, dachte Doris, ich fühle mich so geborgen in seinen Armen, wie konnte ich nur an meiner Liebe zweifeln?

»Was machst du denn für Sachen?«, fragte Doris.

»Wir machen einen Ausflug.«

»Du hast Kinder entführt, sagen sie im Radio.«

»Wir machen einen Ausflug ans Meer, weil Carla noch einmal nach Hause will.«

»Carla?«

»Die krebskranke Frau, von der ich dir erzählt habe.«

»O ja. Und weil sie ans Meer will, nimmst du einfach den Bus und …«

Für dich wollte ich einmal mehr als nur ein Busfahrer sein, dachte Anton, aber er sagte es nicht, und auch den hustenden Mann auf dem Balkon erwähnte er nicht, obwohl der Gedanke an ihn in seinem Herzen stach.

46

»O mein Gott, jetzt schmusen die mitten auf dem Parkplatz«, meinte Annika angewidert.

»Das sind richtige Hollywoodromantikfilmküsse«, entgegnete Eva begeistert.

»Totti muss mal raus«, sagte Helene.

»Ein sehr, sehr geiles Auto«, bemerkte Ferdinand. »Chevrolet Suburban, 6,2-Liter-V8-Motor mit 410 PS, getönte Scheiben, Ledersitze …«

»Gleich wirst du dich anmachen, Ferdinand. Also lauf lieber hinter den Baum dort und hilf mir dann hinaus und in den Rollstuhl, bitte.«

»Ich muss einkaufen gehen, für die Kinder«, sagte Frau Prenosil.

»Hier kann man super einkaufen«, antwortete Eva, »aber du bleibst immer schön bei mir eingehängt, ja, Frau Prenosil?«

»Spielst du mir etwas auf deiner Gitarre vor?«, fragte Frau Prenosil.

»Gerne, was denn?«, fragte Eva und nahm ihr Instrument vom Nebensitz.

»*Mama* heißt das Lied.«

Und so machte sich die ganze Gesellschaft daran, den Bus zu verlassen, während Anton und Doris nichts merkten, so versunken waren sie ineinander.

»Zwei seltsame Typen«, sagte Ferdinand, als er erleichtert zum Bus zurückkam und den Rollstuhl für Carla auseinanderklappte. Carla musterte die beiden: Bärte, lange Haare, leichte, weite Hosen, eine in Türkis, die andere in Orange.

Ärmellose T-Shirts, Lederarmbänder. Einer trug ein Stirnband, beide hatten Tattoos, der eine mit dem Schriftzug »Woodstock«, der andere ein schlichtes »Jessy«. Beide trugen Lederbeutel über der Schulter. Der mit dem Stirnband hatte über die andere Schulter eine Gitarre gehängt. Sie gingen nicht über den Parkplatz, nein, sie wankten.

»Das sind Hippies«, sagte Carla.

»Was?«, fragte Ferdinand.

»Hippies. Leute, die alternativ leben. Die an die Musik und die Liebe glauben und gerne Joints rauchen.«

»Nicht solche Spießer wie du«, fügte Eva hinzu.

»Klappe«, sagte Ferdinand. Irgendwo hatte er schon mal von Hippies gehört, aber nichts Gutes, und deshalb wurde es ihm ein bisschen mulmig, als die beiden Typen heftig schwankend auf sie zukamen.

»Wir müssen in den Süden«, sagte Jessy.

»Und zwar ziemlich flott«, sagte Woodstock. »Haben ein Konzert in Florenz. Heute Abend.«

»Wir sind eher spät dran«, lallte Jessy und versuchte mühevoll, seine Augen offen zu halten.

Die beiden kicherten, und als Jessy wiederholte: »Heute Abend«, brachen sie in ein hysterisches Gelächter aus. Aus den roten Schlitzen, die von ihren Augen übrig geblieben waren, spritzten die Tränen.

»Wir fahren nur bis Duino«, sagte Carla.

»Dann fahren wir eben bis Duino mit«, sagte Jessy.

»Sicher nicht«, sagte Ferdinand. Er mochte solche Typen nicht. Und Papa bestimmt auch nicht. O Gott, Papa! Den musste er jetzt zurückrufen. Und ihm sagen, dass Helene und er in Sicherheit und wieder frei waren.

»Totti! Totti!« Helenes Schreie gingen durch Mark und Bein. Ferdinand wendete Carlas Rollstuhl. Sie liefen an das andere Ende des Parkplatzes, wo der Asphalt an einer bewaldeten Böschung endete. Auch Anton und Doris waren schnell zur Stelle.

»Er ist in den Wald gelaufen«, schluchzte Helene.

»Wer?«, fragte Anton.

»Totti!«

»Der Fußballspieler?«, fragte Anton.

»Das ist ihr Kaninchen«, sagte Annika.

»Auch das noch«, seufzte Anton.

Helene versuchte verzweifelt, sich in das Dickicht zu schlagen. Sie weinte, weil Totti weg war, und weil ihr die Dornen der riesigen Brombeerstauden so wehtaten.

»Ferdinand, geh von der anderen Seite rein, vielleicht kannst du ihn raustreiben«, schluchzte sie.

»Ich muss auf Frau Prenosil aufpassen, die ist sonst auch noch weg«, sagte Eva.

»Spiel mir das Lied von Mama«, sagte Frau Prenosil und zog Eva in die andere Richtung.

Mama, irgendwie hatte Eva schon davon gehört, das war ein ganz schräges Lied aus den Fünfzigern oder so. Das würde sie googeln, wenn es sich Frau Prenosil so dringend wünschte.

»Ich halte das alles nicht mehr aus!«, rief Ferdinand, der sich nicht entscheiden konnte, ob er mehr Angst vor seinem Vater oder um das Kaninchen seiner Schwester haben sollte.

»Wir haben Frau Prenosil nicht zurückgelassen, wir werden auch nicht ohne diesen Hasen weiterfahren«, antwortete Anton, bog die Zweige auseinander und verschwand im Wald. Doris folgte ihm.

»Wir sind eine Familie«, sagte Annika in Ferdinands Richtung. Der schnaufte kurz und verschwand dann auch im Wald.

»Totti!«

»Totti!«, riefen sie alle, und man hätte glauben können, bei einem Spiel von AS Roma zu sein.

47

Der gelbe Bus setzte sich in Bewegung und fuhr gemächlich, fast ein bisschen zu gemächlich, die Landstraße entlang Richtung Süden. Immerhin, in Italien kostet jeder Autobahnkilometer viel Geld, die Tarife für Busse mussten überhaupt exorbitant sein.

Plötzlich tauchte ein blauer Hubschrauber hinter einer Bergkuppe auf, aus dem Nichts, zog eine enge Schleife, überholte den Bus, nur wenige Meter über dessen Dach, drehte um. »Polizia« stand darauf.

Der Helikopter schwebte scheinbar unbeweglich in der Luft, keine zwanzig Meter von der breiten Windschutzscheibe entfernt. Konnten diese Dinger rückwärts fliegen? Wahrscheinlich konnten die alles!

Sie fuhren in eine enge Rechtskurve ein, danach weitete sich das Kanaltal ein wenig und gab den Blick frei auf ein langes, gerades Straßenstück.

»O Scheiße!«

»Ist das wegen uns?«

»Seltsame Frage.«

Was sie da vor sich sahen, das war keine Straßensperre … das war eher der Aufmarsch einer ganzen Armee. Die Republik Italien schien alles, was sie an Uniformen aufzubieten hatte, bereitgestellt zu haben: die Carabinieri in ihren schwarzen Anzügen mit Krawatten und Reiterstiefeln; die Polizia Stradale, dunkelblaue Hemden, hellblaue Hosen mit roten Lampassen; Polizia di Stato, ähnlich, aber mit schwarzer Lampasse; Guardia di Finanza, das Grau der Uniform harmonierte mit jenem der schusssicheren Weste.

Quer über die Landstraße standen gepanzerte Wagen, Polizeiautos mit Blaulicht und Mannschaftsbusse der Carabinieri in einer unübersichtlichen, man könnte sagen, etwas südländisch improvisierten Art. Aber doch so, dass ein Vorbeikommen nicht einmal in den kühnsten Hollywoodactionfilmphantasien denkbar gewesen wäre.

»Was machen wir?«

»Ich würde vorschlagen, stehen bleiben.«

Ein Kommando von schwarz gekleideten Männern mit Sturmhauben positionierte sich hinter dem gepanzerten Wagen. Die Läufe unzähliger Maschinenpistolen waren plötzlich auf den Bus gerichtet. Im seltsamen Kontrast dazu schien der General der Carabinieri zu stehen, der sich wohl heldenhaft als Opfer zur Verfügung gestellt hatte und nun mit seinen Orden und Epauletten ganz allein vor dem ganzen Haufen inmitten der Straße stand, ein Papagei vor einem lauernden Wolfsrudel. Er hielt etwas zaghaft, aber wacker eine Kelle in die Höhe: »Stop« stand darauf.

Der Bus kam mühsam zu stehen. Zwanzig Meter trennten den gelben Oldtimer und diese hochmodern ausgerüstete Kleinarmee. Was war da zu hören? Ein kleines Nachdieseln des Motors, oder kam dieses Klicken vom Entsichern der Waffen? Die Stille, die sich danach bildete, hatte etwas Unwirkliches. Als würde mit dem Verschwinden aller Geräusche auch die Zeit den Atem anhalten.

Und doch, man hörte etwas. Ein Kichern. Ein leises Kichern.

»Wie geht die Tür auf?«, fragte Jessy.

»Keine Ahnung«, antwortete Woodstock. »Aber bis jetzt bin ich doch gut gefahren mit dem Ding, oder?«

»Ganz super«, sagte Jessy. Und dann lachten sie, dass ihnen die Tränen aus den Augenschlitzen kullerten.

48

»Totti!«

Das war Antons Bass, suchend.

»Totti!«

Ferdinand klang aufgeregt. »Ich seh ihn!«, schrie er.

»Totti!« Das war Helenes weinerliche Stimme.

»Ich kann ihn nicht erwischen! Dieses blöde Vieh!« Ferdinand, wütend.

»Totti, hierher!« Annika klang auch recht verzweifelt.

»Er läuft raus«, schrie Ferdinand.

Helene sah Totti, das unschuldigste Wesen der Welt, seelenruhig aus dem Gebüsch hoppeln. Sie hockte sich hin und tat so, als hätte sie eine Karotte oder ein anderes Leckerli in ihrer Hand versteckt. Als das kleine Kaninchen sich zögernd näherte, packte sie es mit wilder Entschlossenheit und drückte es an ihre Mädchenbrust. In der Sekunde liefen Sturzbäche von Tränen aus ihren Augen.

»Totti, Totti«, schluchzte sie.

»Wir haben ihn!«, rief Annika, bevor sie – ebenfalls schluchzend – den wuscheligen Kaninchenkopf zu streicheln begann.

Anton, Doris und Ferdinand krochen aus dem Gebüsch und richteten sich auf. Ihre Haut war von Dornen zerkratzt. Ferdinand blutete aus einer Wunde auf der Stirn. Aus Antons Bart tropfte der Schweiß, und Doris hatte feuerrote Wangen. An ihren Kleidern klebten Föhrennadeln, Kletten und haarige, weiße Blüten.

Anton sah fassungslos zu Carla, Eva und Frau Prenosil. Und die sahen stumm und ebenso fassungslos zu Anton hinüber, von dem Platz aus, an dem noch kurz zuvor der Bus gestanden war.

»Was ist passiert?« Ferdinand fand als Erster die Sprache wieder.

»Habt ihr uns nicht rufen gehört?«, fragte Eva. »Plötzlich waren die so schnell, diese beiden Typen. Wir konnten nichts tun.«

»Ich schon gar nicht«, meinte Carla deprimiert.

»Jetzt ist er halt weg, der Bus«, sagte Frau Prenosil und kicherte. »Macht ja nichts, ist ja nur ein Bus, hat mein Papa immer gesagt. Ist ja nur ein Bus.«

»Diese Hippies«, erklärte Carla.

»Sind eingestiegen und …«, fuhr Eva fort.

»Jetzt ist er halt weg, der Bus«, vollendete Frau Prenosil.

»Totti, Totti«, jammerte Helene.

»Eigentlich schade, dass die Reise zu Ende ist«, sagte Ferdinand und umarmte seine Schwester. In den letzten Minuten war ihm klar geworden, wie sehr er sie liebte mitsamt ihrem blöden Hasen. Und sein Vater, der musste jetzt eben mal warten.

»Ich hab euch kein Glück gebracht«, sagte Doris und lehnte sich an Antons Schulter.

Anton seufzte. »Tja, kurz vor dem Ziel gescheitert«, sagte Carla. »Irgendwie passt das zu meinem Leben.«

Erschöpft und deprimiert ließen sie sich auf den staubigen Asphalt sinken, nur Frau Prenosil zog es vor, sich auf die Lehne von Carlas Rollstuhl zu setzen.

Stille. Ferdinand zündete sich eine Zigarette an. Niemand wagte es zu sagen, dass Rauchen blöd sei. Eva deutete Ferdinand, dass sie auch eine haben wollte. Lässig warf er ihr die Packung und das Feuerzeug hin.

»Tja, das war's dann wohl«, sagte Eva und blies den Rauch aus.

»Jetzt ist er halt weg, der Bus«, wiederholte Frau Prenosil.

»Das wissen wir bereits«, sagte Anton.

»Na dann fahren wir mit dem Auto«, sagte Frau Prenosil und deutete mit dem Kopf auf Doris' schwarzen Wagen. »Ist ja nur ein Bus, hat mein Papa immer gesagt. Und wie hätten's denn früher 'tan, hat mein Papa auch immer gesagt.«

»Es ist halt zu klein, das Auto«, erklärte Eva.

Ferdinand hob den Kopf.

»Ist das ein Achtsitzer?«, fragte er Doris.

»Was?«, fragte Doris zurück, obwohl sie wusste, dass man »Wie bitte?« sagte.

»Chevrolet Suburban, 6,2-Liter-V8-Motor mit 410 PS, getönte Scheiben, Ledersitze«, sagte Ferdinand. »Gibt es in Versionen von zwei bis neun Sitzen.«

»Spielst du gerne Cars Quartett?«, fragte Eva, aber Ferdinand ignorierte sie und sah Doris fragend an. »Und?«

Doris wurde noch röter, als sie ohnehin schon war.

»Ich habe keine Ahnung«, sagte sie. »Das Auto gehört nicht mir.«

Und dieser Satz, »das Auto gehört nicht mir«, tat Anton sehr weh, obwohl ihn Doris doch gerade geküsst hatte. Aber es war klar: Das Auto gehörte dem hustenden Mann auf ihrem Balkon. Und das musste ein ganzer Kerl sein, ein Typ mit so einem Auto. Und ein bisschen ein Depp auch, ja. Aber manche Frauen mögen das leider.

»Na dann schauen wir nach«, sagte Ferdinand und sprang auf.

49

»Eigentlich war es meine Idee«, sagte Ferdinand.

»Eigentlich war es Frau Prenosils Idee«, sagte Eva.

»Eigentlich hätten wir es ohne Totti nicht geschafft«, sagte Helene. »Totti ist nämlich sehr, sehr schlau und listig.« Das Kaninchen saß brav auf ihrem Schoß. Seine Kiste war ja samt Bus gestohlen worden.

»Und ohne Doris auch nicht«, gab Anton zu bedenken.

»Und ohne meine Mama wären wir schon gar nicht hier«, sagte Annika.

Dann breitete sich erschöpftes Schweigen aus in dem Wagen, der gluckernd Sprit schluckend über die Autobahn brauste. Anton und Doris saßen vorne, dahinter Carla und Ferdinand, hinter ihnen Annika und Helene, in der letzten Reihe Eva und Frau Prenosil.

Ferdinand hatte auf dem Parkplatz sehr schnell festgestellt, dass das Auto tatsächlich über acht Plätze verfügte, Ledersitze, wie Ferdinand bemerkte, und jeder einzelne davon mit Sitzheizung und Sitzkühlung. Es hatte nur eine kurze Diskussion zwischen Anton und Doris gegeben, wer weiterfahren sollte. Es widerstrebte Anton, das Auto des hustenden Mannes vom Balkon zu lenken. Aber wenn nun Doris fuhr, dann machte sie sich zur Mitschuldigen. Anton teilte aber seine Gedanken nicht mit ihr, er sagte nur, viel bestimmter, als es eigentlich seine Art war, dass er fahren würde, denn schließlich sei er der Profi.

»Kannst du nicht schneller fahren?«, fragte Ferdinand. »Wir haben 410 PS.«

»Wir fahren schnell genug«, antwortete Anton. »Wir sollten jetzt kein unnötiges Aufsehen erregen.«

»Was wir vor allem sollten«, meinte Doris, erschrocken über ihren eigenen Geistesblitz, »ist die Ortungsdienste deaktivieren.«

»Die finden uns so oder so«, meinte Ferdinand, dem der Gedanke offensichtlich unangenehm war.

»Mag sein«, antwortete Doris, »aber nicht so schnell.«

»Die Idee ist gut«, mischte sich Eva ein, »weiß jeder hier, wie das geht?«

»Natürlich, jeder«, rief Frau Prenosil und kicherte albern.

Doris erklärte Anton, dass sie ihn über den Ortungsdienst gefunden hatte, und deaktivierte die Einstellung auf seinem und auf ihrem Handy. Carla hatte den Spionage-Dienst, wie sie ihn nannte, ohnehin ausgeschaltet, ebenso Eva und Annika. Ferdinand aber wurde unruhig.

»Helene, wir sollten jetzt doch aussteigen«, sagte er.

»Es war doch deine Idee mit diesem tollen Auto«, antwortete Helene, »und es gefällt dir doch, oder?«

»Papa wird fuchsteufelswild sein. Das heißt, er ist es schon. Ach, ich weiß auch nicht, was ich tun soll.«

»Wir fahren mit«, sagte Helene, und Ferdinand nickte, denn sie war zwar seine kleine Schwester, aber sie besaß Autorität.

»Was ist das für einer, euer Papa?«, wollte Carla wissen.

»Was soll er schon für einer sein?« Ferdinand konnte mit der Frage nichts anfangen.

»Er ist sehr lieb«, sagte Helene. »Aber er will immer alles kontrollieren und recht behalten. Geht halt nicht immer.«

»Er macht sich einfach Sorgen«, sagte Ferdinand. »Und seit Mama weg ist, macht er sich noch mehr Sorgen.«

»Wo ist eure Mama?«, fragte Doris.

»Sie ist in die Stadt gegangen«, antwortete Helene.

»Wir sind auf dem Land geblieben mit Papa«, fügte Ferdinand hinzu.

»Und ihr leidet unter der Trennung?«, fragte Carla, nur um sich selbst zu antworten: »Natürlich leidet ihr unter der Trennung. Alle Kinder leiden unter Trennungen.«

»Mama wollte es so«, sagte Ferdinand.

»Papa wollte es so«, sagte Helene.

»Es ging wohl nicht mehr«, meinte Doris.

»Sie wollte nicht mehr mit uns leben«, erklärte Ferdinand.

»Papa muss immer recht behalten«, sagte Helene. »Er will, dass man ihm zuhört, und er will der Chef sein.«

»Er trägt eben die Verantwortung«, sagte Ferdinand.

»Ist ja fast wie bei mir zu Hause«, merkte Eva an. »Aber warum wohnt ihr dann bei diesem Freak? Säuft eure Mutter vielleicht auch?«

»Sag nie wieder Freak zu meinem Vater«, zischte Ferdinand.

»Ruhe!«, sagte Anton, ziemlich laut für seine Verhältnisse. »Wer möchte aussteigen? Ferdinand? Eva? Helene?«

»Ich bleibe«, sagte Helene. »Und wenn ich vierzehn bin, gehe ich sowieso zu Mama.«

Plötzlich flog ein Hubschrauber sehr knapp über das Auto. Alle zuckten zusammen und sahen in die Flugrichtung. »Pontebba« stand auf dem Straßenschild, das der Helikopter fast gerammt hätte. Sie befanden sich auf einer Brücke, die einen großzügigen Ausblick ins Kanaltal freigab. Und alle sahen gleichzeitig, was sich da unten auf der Staatsstraße abspielte: überall Blaulicht, Dutzende Einsatzfahrzeuge; ihr schöner, gelber Schulbus umzingelt von Polizisten. Auf dem Boden lagen, die Hände auf den Rücken gefesselt, zwei Gestalten mit zotteligen Haaren.

»O mein Gott«, sagte Doris nach einer Schrecksekunde. »Hast du das gesehen, Anton?«

»Ich schaue auf die Straße.«

»Sie haben die Hippies geschnappt.«

»Sehr geil«, fand Ferdinand. »Geschieht denen recht. Sie haben unseren Bus gestohlen.«

»Zum Glück haben sie ihn gestohlen«, wandte Eva ein. »Sonst würde Anton gefesselt da unten liegen. Und wir auch. Möchtest du jetzt deinen Ortungsdienst deaktivieren oder aussteigen?«

Während Ferdinand weiterhin zögerte, drückte Helene auf ihrem Handy herum. Eva sah sie bewundernd an. Dieser kleine Mensch hatte es ganz schön in sich. Und irgendwie erinnerte sie diese Helene an sie selbst, als sie elf oder zwölf Jahre alt gewesen war.

Schweigsam fuhren sie weiter.

»Seht, die schönen Pinien«, sagte Carla und strahlte. »Wir sind noch in den Bergen, aber ich glaube, ich kann das Meer schon riechen. Meine Bucht. Wo ich aufgewachsen bin.«

Niemand sagte etwas, aber Carla erzählte weiter.

»Mein Vater hat immer sehr auf mich aufgepasst. Er wollte mich nie mit den anderen zusammen sein lassen, wegen der schlechten Einflüsse. Sogar von den Gästen in seiner kleinen Osteria wollte er mich fernhalten. Ich durfte keine Vespa haben wie all die anderen. Jeden Tag war er es, der mich zur Schule brachte, bevor er auf den Fischmarkt einkaufen ging. Und jeden Tag holte er mich wieder ab. Und während die anderen am Abend durch den Ort bummelten und Eis schleckten und mir meine Schulkolleginnen von ersten Küssen erzählten, musste ich in der Küche aushelfen oder meine Aufgaben machen. Doch eines Tages, da war ich ungefähr so alt wie du, Ferdinand – wie alt bist du?«

»Siebzehn.«

»Genau so alt war ich, als eines Tages dieser Junge aus Österreich in unserem Lokal auftauchte. Ich fand ihn wunderschön. Er hatte blonde, halblange Haare und blaue Augen. So was sah man bei uns nicht oft. Der Junge gehörte zu einer Gruppe, seine Eltern und Freunde machten eine kulinarische Reise. Wir wechselten einen einzigen Blick, und obwohl ich keine Erfahrung hatte, gar keine, war plötzlich alles klar. Als ich die Nachspeisen servierte, deutete ich mit dem Kopf, dass ich draußen auf ihn warten würde. Ich weiß bis heute nicht, warum ich mich das getraut habe. Ich meine, so was machen ja eigentlich nur Flittchen. Aber manchmal, manchmal ist alles so klar im Leben. Der Junge hatte meine winzige Kopfbewegung verstanden und kam vor die Tür. Sah sich um. Sah mich an einen Pinienstamm gelehnt den Sonnenuntergang ansehen. Ihr müsst wissen, die Sonne geht direkt im Meer unter, rot, fast immer ist sie rot oder dunkelorange. Die Holzpiloten der Muschelzüchter ragen als dunkle Schatten aus dem Wasser, und Vögel ziehen ihre Bahnen am abendlichen Himmel. Der Junge kam zu mir rüber. Er wirkte ein bisschen schüchtern. Ich zeigte ihm meine Bucht, den Strand, die Felsen, das kleine Wäldchen. Irgendwann hielten wir uns plötzlich an der Hand, und das war so unglaublich aufregend, nur dieses Berühren der Hände, ich war … verzaubert? Unter Schock? Irgend so etwas. Es fühlte sich jedenfalls hell und heiß und wahnsinnig gut an, und dann sagte der Junge, er müsse jetzt wieder zurück zu den anderen. Er schrieb mir seine Adresse auf … Dann sahen wir uns lange an. Er war so süß und so schüchtern. Doch irgendwann war ihm wohl auch klar, dass er mich einfach küssen musste, und das tat er, und diesen Kuss spüre ich heute immer noch, auf meinen Lippen und in meinem Herzen.«

»O mein Gott, ist das schön«, sagte Doris.

»O ja, ganz schön kitschig«, meinte Eva.

»Von da an war alles anders. Ich habe zu meinem Vater gesagt, wenn er mich nicht freilässt, dann werde ich weglaufen, mich verstecken, bis ich achtzehn bin, und diesen Jungen heiraten. Und von dem Tag an durfte ich alles machen, was die anderen auch durften.«

»Falls du die Geschichte für mich erzählt hast: Danke, ich will mit niemandem rumküssen«, sagte Ferdinand.

»Du bist echt blöd«, sagte Eva.

»Ich habe heute erst die Erfahrung mit meiner Mutter gemacht«, erzählte Anton. »Seltsam, sie hat nicht mehr angerufen. Ja, es klappt. Man muss einmal zeigen, dass man einen eignen Willen hat, das kommt meistens an. Manchmal dauert es halt ein bisschen.«

»Ich muss deine Mutter anrufen!«, sagte Doris. »Ich habe es ihr versprochen!« Mechthild hob sofort ab und legte nicht so schnell wieder auf. Aber immerhin, nachdem Anton »Hallo Mama« gerufen hatte, beruhigte sie sich halbwegs, weil er noch lebte.

Sie hatten die Ebene erreicht. Felder, breite, ausgedorrte Flussbetten und Pappelwälder wechselten einander ab. Sie kamen an ein Autobahnkreuz.

»Wohin?«, fragte Anton.

»Trieste!«, antwortete Carla, sehr italienisch. Und so, wie sie es sagte, klang es für die anderen nach Fremde, für Carla aber nach Heimat.

50

Also bog Anton nach links ab. »Sieht aus wie bei uns«, sagte er irgendwann missmutig. »Supermärkte, Einkaufszentren, Ikea …«

»Es sieht richtig schön südlich aus«, widersprach Doris und nahm Antons rechte Hand in ihre linke.

»Ich brauche beide Hände zum Fahren«, sagte er, aber sie führte seine Hand zu ihrem Mund, küsste sie und meinte: »Ich fahre immer mit einer Hand.«

»Anton braucht was zu essen«, kam Helenes Stimme von hinten. »Er ist ganz klassisch unterzuckert.«

Carla lachte. »Leider sind unsere Vorräte samt Bus jetzt in Polizeigewahrsam«, sagte sie. »Aber wir sind bald da. Im Ort können wir etwas kaufen.«

Helene reichte eine Karotte nach vorn. »Das hab ich noch«, sagte sie. »Tottis Notration.«

Doris reichte die Karotte an Anton weiter, der sie mit einer gewissen Verachtung betrachtete, dann aber doch abbiss.

»Jetzt werden die Hippies wohl geredet haben«, meinte er. »Sie werden das Fluchtfahrzeug suchen.«

»Erstens fliehen wir nicht«, sagte Carla, »und zweitens, die waren so zugedröhnt, die haben nichts mitbekommen.«

»Gerade unauffällig ist dieses Auto nicht«, entgegnete Anton und dachte schon wieder an den hustenden Mann auf dem Balkon.

»Alt, Stazione«, vermeldete eine Überkopfverkehrstafel. Wie immer bei erzwungenen Stopps machte sich Unruhe im Wagen bemerkbar, die sich in einem angespannten Schweigen äußerte. Doris löste sich schweren Herzens von der geliebten Hand, zückte ihre Kreditkarte und wies Anton an, den Schranken mit dem Automaten zu nehmen. Keine Polizei. Nichts. Freie Fahrt. Anton stieg aufs Gaspedal.

»Wow«, sagte Ferdinand.

Das war aber auch das Einzige, was man vernehmen konnte. Eine gewisse Mattigkeit lag über der kleinen Reisefamilie. Nur Carla lächelte und richtete sich mit jeder Minute ein wenig mehr auf.

»Machen wir ein Spiel«, schlug sie vor. »Wer als Erster das Meer sieht!«

Das war natürlich ein bisschen unfair, weil Carla den Punkt, von dem aus man das Meer das erste Mal sehen konnte, seit Kindheitstagen ganz genau kannte. Aber es schien ihr notwendig, ein bisschen Stimmung in den Wagen zu bringen.

»Und was bekommt der Sieger?«, fragte Annika.

»Ein Eis mit drei Kugeln«, antwortete Carla.

Schweigen.

»Okay, vier Kugeln.«

Und alle sahen nun gebannt rechts aus dem Fenster über die sanften Hügel, die in der Nachmittagssonne saftig grün schimmerten, aber vom Meer war noch nichts zu sehen, und alle hatten die Wette bereits wieder vergessen, als plötzlich aus der letzten Reihe die krächzende Stimme von Frau Prenosil zu vernehmen war.

»Das Meer!«, rief sie und zeigte aufgeregt zum Fenster hinaus. »Das Meer! Da sind meine Kinder. Die Kinder sind da, alle da. Am Meer.«

Und da sahen es alle, das Meer, silbrig und gelassen in der Sonne glitzern.

51

Als sie die schmale Straße ins Dorf hinabfuhren, kam ihnen ein Wagen der Polizia Municipale entgegen. Carla winkte.

»Was soll das?«, fragte Ferdinand.

»Oh, das war blöd«, sagte Carla.

»Wir haben ohnehin getönte Scheiben«, meinte Eva.

»Das waren Marco und Alessandro«, erklärte Carla. »Ich kenne sie aus meiner Schule. Ale war sogar mit mir in der Klasse. Ich wusste, dass sie zur Polizei wollten, aber dass sie jetzt gemeinsam Streife fahren …«

Der riesige Wagen füllte die schmale Straße fast zur Gänze aus. Zum Glück kam ihnen sonst niemand entgegen.

»Hier«, sagte Carla aufgeregt, »da steht es: Villaggio San Marco. Mein Dorf. Es ist ausgestorben um diese Zeit. Die Touristen kommen erst in den Ferien. Und auch dann nicht viele. Aber bei Giuseppe bekommen wir sicher etwas zu essen.«

Sie hielten auf dem Dorfplatz. Anton brauchte ganze zwei Parkplätze, um das Auto abzustellen. Ferdinand war mittlerweile schon routiniert darin, den Rollstuhl auseinanderzuklappen und Carla hineinzuhieven. Eva nahm Frau Prenosil fest am Arm. Hier in Italien durfte sie nicht entwischen, da würde sie kein Mensch verstehen. Nun ja, in Österreich auch nicht wirklich, aber sicher ist sicher.

Die ganze Gruppe füllte das kleine *Alimentari*-Geschäft fast vollständig aus.

»Lemon Soda!«, rief Annika begeistert und zupfte Helene am Ärmel. »Kennst du das? Das musst du kosten!«

»Ciao Giuseppe«, sagte Carla und sah den Mann im weißen Arbeitsmantel, der ihr Vater hätte sein können, wehmütig an. Giuseppe sah Carla an, dann sah er weg, als wollte er nicht wahrhaben, was seine Augen ihm zeigten, dann sah er wieder hin.

»Carla?« Das Fragezeichen meinte weniger, ob es sich wirklich um Carla handelte, sondern was ihr um Himmels willen widerfahren sei.

»Ho il cancro«, sagte Carla ungerührt, sie habe Krebs und sei wiedergekommen, um ihre Heimat noch einmal zu sehen. Giuseppe wischte sich verstohlen die feuchten Augen und kam hinter der Theke hervor, um Carla auf die Wangen zu küssen, was ziemlich ungeschickt wirkte, da er Schwierigkeiten hatte, sich zu bücken. Um keine weitere Rührung aufkommen zu lassen, bestellte Carla ein paar Panini, mit Käse oder Prosciutto, aber den guten aus dem Karst, nicht die Massenware aus Parma.

Ob man das Kaninchen auch essen könne, fragte Giuseppe Helene, aber die verstand ihn zum Glück nicht, und Carla übersetzte, ob sie vielleicht einen Karton wolle, um das Tier zu transportieren. Giuseppe verschwand in einem Hinterzimmer und brachte die schönste Kiste, die er finden konnte.

Nachdem Carla und Giuseppe sich kurz, aber intensiv ausgetauscht hatten, verließ die Gruppe den Laden, bepackt mit belegten Broten, Lemon Soda, San-Pellegrino-Wasser und Schokokeksen, auch die wären hier ganz einmalig gut, schwärmte Annika.

»Und was ist mit dem Eis für Frau Prenosil?«, fragte Helene. »Du hast es ihr versprochen!«

»Richtig!«, sagte Carla. »Da müssen wir ein paar Schritte gehen.«

»Was ist mit dem Mama-Lied?«, fragte Frau Prenosil. Erstaunlich, wie ihr Kurzzeitgedächtnis bei manchen Dingen funktionierte, bei anderen überhaupt nicht. Eva hatte im Internet Noten und Text gefunden und holte ihre Gitarre aus dem Auto.

Carla hatte recht gehabt, der Ort war ausgestorben um diese Jahreszeit, und auch sonst lebte er nicht richtig, denn Touristen bringen kein Leben, sondern nur ein bisschen Geld, und auch, wenn es nicht viele sind, sie fressen in ein paar Wochen wie die Heuschrecken alles auf und hinterlassen die Orte noch leerer, als sie zuvor schon waren.

An der kurzen Hafenpromenade befand sich die Bar von Marco. Viele hießen Marco in San Marco. Natürlich kannte Carla auch ihn, in einem Achtzig-Seelen-Dorf kennt zwangsläufig jeder jeden. Marco war einer der wenigen jungen Leute, die zu Hause geblieben waren. Wobei man das »Junge« mittlerweile auch unter Anführungszeichen setzen musste.

»So nett ist es hier«, sagte Doris, als sie vor der kleinen Bar saßen und den armseligen Fischerbooten beim Schaukeln an der Hafenmole zusahen.

»Es ist wunderbar friedlich«, meinte Anton, der bereits auf dem Weg sein Panino verdrückt hatte und nun verzückt in seinem Cappuccino rührte. »Schau dir diesen Milchschaum an! Warum können die das bei uns nicht?«

Auch Carla und Doris tranken Kaffee, während alle anderen Eis schleckten. Carla hatte die Rechnung übernommen. Zufrieden sah sie in die Runde. Die Mädchen schwärmten von Haselnuss und Stracciatella; Ferdinand schielte zum einzigen schnittigen Motorboot, das sich im Hafen befand; Eva achtete rührend darauf, dass Frau Prenosil sich nicht komplett bekleckerte. Und als diese wieder Anstalten machte, davonzulaufen, packte sie ihre Gitarre aus und begann mit einer rauen Singstimme das Lied zu intonieren, das sich Frau Prenosil so sehnlich gewünscht hatte: »Ich werd es nie vergessen, was ich hab an dir besessen, dass es auf Erden nur eine gibt, die mich so heiß geliebt, Mama …«

Frau Prenosil klatschte begeistert.

»Grauenvoll«, murmelte Eva und lachte.

52

»Kommt, wir gehen in die Kirche«, sagte Carla, als sie fertig waren.

»O nein, nicht in eine Kirche«, jammerte Helene.

»Frau Prenosil mag keine Kirchen«, beschloss Eva.

»Diese wird euch gefallen. Ich verspreche es euch. So eine Kirche gibt es nur einmal auf der Welt.«

Die Kirche glich rein äußerlich vielen anderen ärmlichen italienischen Dorfkirchen, ein einfacher Steinbau mit ein paar Fenstern. Kaum im Inneren angekommen, hörten aber die Maulereien der Kinder auf. Staunend betrachteten sie die Apsis, in der kein Altar stand – sondern zwischen uralten Steinen eine Quelle entsprang. Irgendwo im Inneren der Kirche versickerte sie auch wieder. Das Wasser gluckerte fröhlich. Zwischen wuchtigen, runden Steinen wuchsen Farne, Moose und kleine, gelb blühende Blumen.

»Fehlt nur noch das Einhorn«, sagte Helene.

»Unglaublich«, sagte Anton.

»So etwas habe ich noch nie gesehen«, bestätigte Doris und nahm Anton an der Hand. Sie wollte immer Kontakt mit ihm haben. Sie würde ihn jetzt nie wieder loslassen. Nie wieder! Sie hätte ihm das auch so gerne gesagt, aber vor der ganzen Runde schien es ihr unpassend.

»Schaut aus wie eine Grotte aus *Herr der Ringe* oder so«, sagte Ferdinand, ungewöhnlich aufgeschlossen.

»San Marco ist ein uralter heiliger Ort«, erklärte Carla. »Ihr müsst wissen, die Einwohner unseres kleinen Dorfes bilden sich einiges auf ihre Vergangenheit ein. Schon Vergil hat den Hafen Lacus Timavi beschrieben. Hier sollen Jason und die Argonauten Halt gemacht haben. Und auch die Überlebenden nach der biblischen Sintflut sind angeblich hier gelandet.«

»Glaub ich nicht«, sagte Helene. »Und wenn, sind sie jetzt trotzdem alle tot.«

»Irgendwann werdet ihr draufkommen, dass der Unterschied zwischen den Lebenden und den Toten nicht so groß ist. Aber ich gebe zu, das mit der Sintflut und mit den Argonauten ist wissenschaftlich nicht bewiesen«, sagte Carla lachend. »Bewiesen ist aber, dass dieses Wässerchen hier keine Quelle ist, sondern der Fluss Timavo, der gut fünfzig Kilometer durch Kroatien, Slowenien und den Karst oberhalb von Triest fließt, einmal unterirdisch, dann durch schöne Täler und verschwiegene Grotten, bevor er wieder im Erdboden verschwindet und erst hier erneut auftaucht. Die Römer weihten den Platz einem Gott und pflanzten einen Wald rundherum, in dem weiße Wildpferde lebten. Seit damals gilt das Wasser als heilkräftig.«

»Und was heilt es?«, fragte Helene.

»Die Haut und Geschwüre«, antwortete Carla.

Schweigen machte sich breit. Es lag in der Luft, was jeder für sich dachte: Deshalb also wollte Carla hierher. Sie suchte die Heilung des magischen Wassers. Doch niemand getraute sich, etwas zu sagen. Nur Ferdinand erwies sich plötzlich als Praktiker.

»Ich habe hier eine leere Cola-Flasche. Wenn du willst, fülle ich sie dir an. Willst du das Wasser trinken? Oder soll ich dich damit besprühen?«

Carla lächelte: »Ich denke, beides könnte nicht schaden. Danke, Ferdinand.«

Und Ferdinand füllte die Flasche, gab Carla zu trinken, und den Rest versprühte er mit den Fingern über sie, wie ein Priester das Weihwasser, nur feierlicher.

53

Sie fuhren die Dorfstraße wieder hinauf, dann nach rechts, über eine Schotterstraße, vorbei an Zäunen, hinter denen die Häuser verfielen. Sie erreichten einen kleinen Parkplatz. Von dort führte zwischen Büschen hindurch ein schmaler Weg, der in einer Bucht mündete, die niemand hier vermutet hätte. Im Hintergrund beschützte eine Felswand diesen paradiesischen Ort; Zypressen säumten harzig duftend den Fels; Pinien wuchsen aus dem Sand und spendeten kühlenden Schatten; im Hintergrund leuchtete Schloss Duino in der Sonne, und ganz weit hinten konnte man Miramare und Triest erahnen. Die Meereswellen streichelten zärtlich über den bernsteinfarbenen Sand.

»Willkommen in meiner Bucht«, sagte Carla und strahlte.

Die Mädchen und Ferdinand liefen zum Meer, und auch Frau Prenosil wollte dringend zum Wasser. »Füße waschen müssen wir«, rief sie bestimmt, und Eva setzte sie auf einen Stein und zog ihr Schuhe und Strümpfe aus. Diese Füße hatten schon lange kein Wasser mehr gesehen, das würde denen ganz guttun.

Doris presste Antons Hand in ihre, so fest, dass es ihm eigentlich wehtun musste. Er erwiderte sanft den Druck.

»Was auch immer passiert, der Anblick allein war die Reise wert«, sagte Anton.

»Es ist unglaublich«, sagte Doris.

Carla rollte zum Meer. Sie musste sich anstrengen, denn die Räder blieben immer wieder im Sand stecken. Doch sie wollte es allein schaffen.

Totti hopste etwas verwirrt über den Strand. Sand, das kannte er nicht, aber er genoss sichtlich die Bewegung. Annika und Helene äfften ihn nach.

»Hopsen!«, rief Annika und hüpfte dem Hasen hinterher. »Ihr müsst alle hopsen! Hopsen macht total glücklich!«

Carla sah ihre Tochter liebevoll an, wie sie, Hand in Hand mit Helene, federleicht über den Strand hüpfte, von einem Bein auf das andere, locker und die Glieder schüttelnd. Sie fand es gut, dass Annika manchmal vergessen konnte, dass ihre Mutter im Rollstuhl saß und auf den Tod wartete. Carla konnte sich noch sehr gut daran erinnern, wie glücklich dieses Hopsen machen konnte. Warum bloß trauten sich die Erwachsenen das nicht? Sie sah aufs Meer. Die Sonne näherte sich dem Wasserhorizont. Man konnte sie ansehen, es tat nicht mehr weh in den Augen.

»Hier habe ich als Kind gelebt«, sagte Carla. »Seht ihr das Haus da vorne? Das war die Osteria meiner Eltern. Nachdem sie gestorben waren, hat es irgendein Schnösel übernommen, der jetzt dort auf große Küche macht, für die Touristen. Aber mein echtes Zuhause, das war hier, in der Bucht.«

»Hast du Freundinnen gehabt?«, wollte Helene wissen.

»Ich durfte ja nicht oft weg«, erklärte Carla, »manchmal kamen die anderen Kinder, um auch Muscheln zu suchen oder Krebse zu fangen oder um zu fischen. Damals gab es noch so viel zu fangen … Aber ich war oft allein hier. Es hat mir nichts ausgemacht. Manchmal bin ich stundenlang im Sand gesessen oder gelegen. Das Spiel bestand darin, so lange sitzen zu bleiben, bis die Flut meinen Körper überall erreicht hatte.«

»Das muss sich aber gruselig anfühlen«, meinte Annika.

»Für mich nicht. Ich habe mir oft zusammengeträumt, dass ich eine Muschel bin. Weich und sehr verletzlich, aber mit einer robusten Schale, die mich gegen alles schützt. Diese Schale kann ich jederzeit schließen, aber wenn sie geöffnet ist, bin ich mit allem verbunden, werde vom Meer umspült, gestreichelt …«

»Klingt schon besser«, sagte Helene.

»Im Winter bin ich oft oben bei den Felsen herumgelaufen«, fuhr Carla fort. »Es gibt dort einen Dinosaurier.«

»Glaub ich nicht«, sagte Helene.

Carla lächelte. »Du bist aber ein misstrauisches kleines Mädchen. Aber das stimmt wirklich. Dort oben liegt das Skelett des größten Sauriers, der je auf italienischem Boden gefunden wurde. Sein Name ist Tethyshadros insularis.«

»Wie kannst du dir diesen Namen merken?«, fragte Annika.

»Wenn du hier aufwächst, dann kennst du den Namen«, antwortete Carla. »Es gibt übrigens auch steinzeitliche Bilder auf einem Felsen. Ihr könnt sie später suchen gehen. Die Bilder wurden in den Stein gekratzt und zeigen einen Mann bei der Hirschjagd, einen Außerirdischen und ein Ufo.«

»Ein Ufo? Dann sind die Bilder nicht echt«, sagte Helene.

»Doch«, widersprach Carla, »denn ich habe sie höchstpersönlich in den Stein geritzt.«

»Du hast vorhin erzählt, dass du deinem Vater gesagt hast, du haust ab und heiratest diesen Typ. Dann hat er dir alles erlaubt.«

»Ja, so war das.«

»Und dann, als du alles tun durftest, hast du es ordentlich ausgenutzt?«, wollte Eva wissen.

»Es hat mich dann seltsamerweise überhaupt nicht mehr interessiert«, antwortete Carla.

»Und wo hast du diesen Typ geküsst?«, fragte Helene.

»Er hat mich geküsst und nicht ich ihn.«

»Ihr habt geknutscht, das dürfte reichen.«

Carla zeigte auf die größte Pinie, deren Äste sich schützend über die Erde wölbten. »Dort war es. Unter diesem Baum. Ich war schön. Damals. O ja.«

»Und wie hieß er eigentlich, der Typ?«, wollte Helene wissen.

»Oliver.«

»Wie mein Papa«, sagte Annika.

»Dieser Junge, das ist Annikas Papa«, sagte Carla und strich ihrer Tochter zärtlich über die Haare.

54

Sie hörten eine Autotür, dann noch eine. Hinter dem Steinwall, der den Strand abgrenzte, sahen sie zwei Gesichter auftauchen, mit blau-weißen Kappen. Und unter den Kappen wuchsen langsam die beiden Uniformen in den Himmel, übergroß wirkend aus dieser Perspektive.

Carla nahm all die Kraft ihrer Arme zusammen, um ihren Rollstuhl über den feuchten Strand zu lenken und sich vor die Gruppe zu stellen: Hinter Carla standen Anton und Doris, dahinter Ferdinand, Helene, Totti, Annika, Eva und Frau Prenosil.

Die Polizisten wirkten zwar nicht wirklich entspannt, aber sehr eilig hatten sie es auch nicht.

»Ciao Ale«, sagte Carla.

Alessandro sah sie fragend an.

»Ciao Marco«, sagte Carla.

»Carla?«, fragte Marco.

»Sì«, sagte sie. Mehr sagte sie nicht. Sie musste nichts erklären. Der Rollstuhl, die dünnen Beine, das aufgedunsene Gesicht, all das bedurfte keiner Erklärung. Und unter völliger Missachtung ihrer Pflichten hockten sich die beiden Polizisten neben den Rollstuhl von Carla, um auf Augenhöhe mit ihr zu sein, fragten sie trotz des Augenscheins, wie es ihr ginge, und sie antwortete nur, sie habe Krebs und nicht mehr lange zu leben, und ein guter Freund habe sie mit dieser fröhlichen Gruppe hier heruntergebracht, damit sie ihre Bucht noch einmal sehen könne. Ob Marco sich noch erinnern könne, dass sie zusammen Muscheln gesammelt hatten, und für jeden Eimer hatten sie zweitausend Lire von ihrem Papa bekommen? »Und Alessandro, weißt du noch, wie du mich einmal mit dem Moped entführt hast? Du warst mein Theseus und ich deine Helena, und dann haben wir ein Eis gegessen, Erdbeere und Schokolade wolltest du, und ich fand, das passt gar nicht zusammen, aber ich habe es dann auch genommen.«

Sie hätten eine Meldung hereinbekommen, sagte Alessandro, gesucht wurde ein großer, schwarzer, wahrscheinlich amerikanischer Wagen mit österreichischem Kennzeichen und acht Personen an Bord. Und so einer war ihnen vorhin aufgefallen. Es gäbe auch ein Fahndungsfoto. Alessandro zeigte es Carla auf seinem Handy. Das Foto war von schlechter Qualität, dem Video der Überwachungskamera bei der Mautstation entnommen. Es zeigte Anton am Steuer seines Busses.

»Ist das dieser Herr dort?«, fragte Marco. Signore. Signore sagte er.

Carla nickte und bekam nasse Augen.

»Er ist gut«, sagte sie. Buono. Buono come il pane. Herzensgut.

Marco zuckte mit den Schultern, aber nicht aus Gleichgültigkeit. Er hatte schon Ganoven gesehen, Halunken und echte Verbrecher. Aber dieser Mann mit dem Bart, das sagte ihm sein Polizisten-Instinkt, der war nicht gefährlich.

»Parla italiano?«, fragte er Carla. Sie schüttelte den Kopf.

Die Polizisten erhoben sich. Alessandro ging auf Anton zu, Marco schob Carla hinterher. Sie übersetzte.

»Sie wollen wissen, ob du dieses Auto gefahren hast«, sagte sie.

»Ja«, sagte er.

»Du allein?«

»Ich allein«, sagte er.

»Aber ich …« Doris konnte ihren Satz nicht vollenden, denn Anton sagte: »Du hast gar nichts gemacht, und wir haben uns zufällig getroffen, ist das klar? Du musst die Truppe hier zurückbringen, also red dich jetzt nicht ins Verderben.«

Ob er der Eigentümer des Autos sei, fragten die Polizisten. Nein, antwortete Anton, er wisse nicht, wer der Eigentümer sei, er habe diese Dame hier zufällig getroffen, und sie hätte das Auto zur Verfügung gestellt.

Anton spürte sein Herz bis in den Hals schlagen, aber nicht nur, weil ihn das Verhör durch diese durchaus sanftmütig wirkenden Polizisten beunruhigte. Das Auto, das Auto gehörte dem hustenden Mann auf dem Balkon.

Wem denn das Auto gehöre, ließ Alessandro fragen.

»Das Auto gehört meinem Bruder«, sagte Doris.

»Fratello«, übersetzte Carla.

Anton sah Doris an. Ach Gott, der Bruder. Der Eventmanager! Deshalb hatte er so ein großes Auto, er musste oft Promis transportieren. Peter! Sie hatte so oft von ihm erzählt, eigentlich hätte er leicht draufkommen können!

»Dein Bruder«, sagte Anton. »Und ich dachte schon …«

»Anton, du Blödi«, sagte sie und drückte ihn an sich, so fest sie konnte.

Ob Polizisten in anderen Ländern angesichts von so viel Liebe auch so viel Geduld aufgebracht hätten? Alessandro und Marco jedenfalls warteten, bis Doris sich von Anton gelöst hatte. Nun zuckten beide bedauernd mit den Schultern. Marco fragte Carla, ob sie Handschellen brauchen würden, und die schüttelte den Kopf. Sie kam sich wie eine Verräterin vor. Vor den Kindern, beteuerte auch Alessandro, das sehe nicht gut aus, aber Anton müsse nun mal mit ihnen kommen, er sei zur Fahndung ausgeschrieben, und besser, er landete bei ihnen als bei der Autobahnpolizei oder den Carabinieri.

»Du musst mit ihnen gehen«, sagte Carla. »Anton, bitte umarm mich noch einmal. Bitte!«

Sie nickte den Polizisten zu, und Anton beugte sich zu ihr herab, sehr ungeschickt, und mit ihren dünnen Armen umfasste sie Antons mächtigen Körper, so gut sie es konnte, und Anton staunte über die Kraft, dic in diesen Ärmchen lag, und Carla hauchte ihm ins Ohr: »Anton, es tut mir so leid … Es war so eine leichtsinnige Idee von mir, und ich habe keine Konsequenzen bedacht …«

»Es war eine tolle Idee«, flüsterte Anton.

»Anton, ich werde dir mein Leben lang dankbar sein«, sagte Carla. »Nein, das ist nicht lang genug. Ewig. Ewig dankbar, okay?«

»Okay«, sagte Anton. Flankiert von den Polizisten verließ er den Strand, ohne sich umzuwenden.

»Anton!«, rief Doris. Jetzt wandte er sich doch um.

»Du bist mein Held«, sagte sie.

Anton, der Busfahrer, seufzte und lächelte.

55

»Hier sind die Butterbrezen«, sagte Doris und fasste Anton bei beiden Händen.

»Und Grünzeug habe ich dir auch mitgebracht«, fügte sie hinzu. »Karotten, Gurken und Paprika.«

»Keine Sorge, ich werde nicht zu dick«, sagte Anton. »Ich nehme meistens das Menü für die Moslems, das ist noch das beste. Angeblich kommt der Koch aus Marokko. Heute gab es Couscous mit Gemüse. Bisschen viel Kreuzkümmel, aber nicht schlecht.«

Doris küsste Anton, schielte aber gleichzeitig zum Fenster des winzigen Besucherraums. Dieses vergitterte Fenster, es würde heute wichtig sein.

Der Prozess hatte nicht lange gedauert. Alle, alle hatten zugunsten von Anton ausgesagt, angefangen von den beiden Polizisten, die ihn und Frau Prenosil von der Autobahn gefischt hatten, und sogar Ferdinand hatte vor Gericht beteuert, vollkommen freiwillig mitgefahren zu sein, um zu helfen, die ganze Situation unter Kontrolle zu halten. Nachdem Helene und er eine lange Aussprache mit ihrem überfürsorglichen Vater gehabt hatten, übernahm der berühmte Rechtsanwalt sogar kostenlos Antons Verteidigung. Ein wenig widerwillig zunächst, aber was tat man nicht alles, um die Kinder auf seiner Seite zu haben. Schon bald hatte er herausgefunden, dass dieser Anton ein zwar verantwortungsloser, aber harmloser, ja sogar liebenswürdiger Kauz war.

Die Richterin beteuerte, die ganze Geschichte menschlich warm und sogar ein wenig rührend zu finden, allerdings wäre es als Juristin ihre Aufgabe, sich nicht von Gefühlen, sondern vom Gesetz leiten zu lassen, und Freiheitsentziehung in sechs Fällen, erschwert durch den Umstand, dass es sich auch um Minderjährige handele, sei nun mal kein Kavaliersdelikt.

Dennoch fiel die Strafe mit drei Monaten unbedingter Haft unter Anrechnung der Untersuchungshaft sowie sämtlicher mildernder Umstände relativ gering aus. Ja, die Richterin hätte auch drei Jahre Haft verhängen können. Aber jeder, der schon einmal im Gefängnis war, weiß, dass auch ein einziger Tag Haft sehr viel ist.

»Noch achtzehn Tage«, sagte Anton. »Wie geht es Mama?«

»Sie hat sich beruhigt. Ich konnte sie davon abhalten, dich hier zu besuchen. Immerhin sieht sie mittlerweile ein, dass du keine Schande über die Familie gebracht hast. Ganz im Gegenteil.«

»Na ja«, brummte Anton.

»Sie hat mir erzählt, die von den Verkehrsbetrieben haben angerufen, sie möchten dich wiedereinstellen.«

»Ich glaube nicht, dass ich wieder als Busfahrer arbeiten will.«

»Was willst du denn machen?«

»Keine Ahnung.«

»Mein Bruder sucht auch einen Fahrer. Das Auto kennst du ja mittlerweile. Er ist übrigens schon wieder verkühlt.«

»Und hustet auf deinem Balkon?«

»So oft besucht er mich nicht.«

»Hat jemand den Rasen gemäht?«

»Nein.«

»Dann wird es wirklich Zeit, dass ich rauskomme.«

Doris schielte heimlich auf ihre Uhr. Ja, jetzt mussten sie

so weit sein. Ja, jetzt würde es passen. Sie nahm Anton an der Hand.

»Komm«, sagte sie. »Sieh mal beim Fenster hinaus. Da will dir jemand danke sagen.«

Auf der Straße vor dem Gefängnis stand eine Menschenmenge, bunt gekleidet, aber schweigsam. In der ersten Reihe erkannte Anton Eva und Ferdinand. Daneben standen Frau Prenosil, Annika und Helene. Und dahinter noch andere, viele, viele andere, die Anton zumindest vom Sehen kannte. Sogar Kapuzen-Kevin war dabei. Es waren all jene Menschen, die er seit vielen Jahren herumchauffiert hatte. Anton, der Busfahrer.

Und jeder dieser Menschen hielt ein auf eine Stange montiertes, großes Bild in die Höhe. Das Bild war schwarz umrahmt. Es zeigte das fröhlich lächelnde Gesicht von Carla.

ENDE

René Freund
Niemand weiß, wie spät es ist
Roman
272 Seiten. Deuticke 2016

Nora hat ihren Vater verloren. Das wäre schon schlimm genug, doch dann erfährt sie seinen letzten Willen. Sie muss Paris und ihr schönes Leben in Frankreich verlassen, um mit der Asche ihres Vaters im Handgepäck und einem pedantischen jungen Notariatsgehilfen, der ihr täglich das nächste Etappenziel mitteilt, eine Wanderung zu unternehmen – durch Österreich, ein Land, das sie kaum kennt. Nora, die lebenslustige Chaotin, und Bernhard, der strenge Asket, folgen zwischen Regengüssen, Wortgefechten und allmählicher Annäherung einem Plan, der ihr Leben auf den Kopf stellen wird. Ein Roman über Liebe und Freundschaft und über eine ungewöhnliche Reise mit überraschendem Ziel.

»Ein spannendes Vergnügen, an dem auch Esoterik-Muffel ihre Freude haben können.« Claudio Campagna, NDR Kultur

»Eine romantische Komödie, die eine Mahnung vor der Endlichkeit im Titel trägt – das weckt Erwartungen. Und tatsächlich dribbelt René Freund die genretypischen Klischees (Mann vs. Frau, Stadt vs. Land) geschickt aus.« Dominika Meindl, *Falter*

Irene Diwiak
Liebwies
Roman
336 Seiten. Deuticke 2017

1924: Der bekannte Musikexperte Christoph Wagenrad hat sich in die junge Gisela Liebwies verliebt, die seiner verstorbenen Frau, einer berühmten Pianistin, ähnlich sieht. Obwohl unbegabt, soll sie nun ebenfalls zum Star aufgebaut werden. Durch Erpressungen seitens Wagenrads schafft sie es ans Konservatorium und erhält sogar die Hauptrolle bei der Abschlussdarbietung. Dass die dafür komponierte Oper, bei der die Hauptdarstellerin fast ohne Stimme auskommt, nicht von August Gussendorff stammt, der sich dafür feiern lässt, sondern von seiner Frau Ida, muss ja auch niemand erfahren. Eine herrlich bösartige Geschichte über falschen Glanz, die Gier nach Ruhm – und wahre Schönheit, die mit alldem nichts zu tun hat.

»Mit feiner ironischer Klinge nimmt Diwiak die Männerwelt an der Nase und entlarvt Standesdünkel und Egomanie … ein leichtfüßiger Tanz durch die verlorene Zeit und ihre verlorenen Chancen.«
Wolfgang Popp, Ö1 Kulturjournal

»Ich bin begeistert von diesem Roman, weil er auch sehr österreichisch ist – ein bisschen boshaft, toll in der Sprachbehandlung.«
Andrea Gerk, Deutschlandfunk Kultur